ATALA,

POËME EN SIX CHANTS.

ATALA,

POËME

EN SIX CHANTS,

SUIVI

DE PENSÉES POÉTIQUES.

PAR M.lle MARIE-LOUISE ARNASSANT.

A LYON,

Chez l'AUTEUR, place des Terreaux, N.° 105, et chez les principaux Libraires de cette ville.

1810.

A MA BONNE MÈRE.

O toi, qui fait tout mon bonheur !
Mère tendre, sincère amie ;
Toi qui forma mon jeune cœur,
Mes talens, mon faible génie :
Ma muse soupire des vers
Dictés par la reconnaissance ;
En te dédiant ses concerts,
Je réclame ton indulgence.

A MES VERS,

PRÉFACE.

Libres enfans de mes loisirs,
Soyez amans de la nature;
Chantez sans crainte et sans désirs,
Les ruisseaux, les fleurs, la verdure,
N'estimez que la vérité,
Soyez doux, tendres et timides;
Que la vertu, l'humanité,
Soient toujours vos fidèles guides.
Mais en élevant vos accens,
Jusqu'au ton du poëme épique,
Craignez que vos faibles talens,
Ne soient livrés par la critique
A tous les sévères censeurs;
Et que les traits de la satire,
Qui naîtront de tous vos lecteurs,
Ne brisent votre douce lyre!

ATALA,

POËME EN SIX CHANTS,

Tiré de l'Harmonie de la religion chrétienne, avec les scènes de la nature, et les passions du cœur humain, par M. de Châteaubriand.

ATALA,

POËME EN SIX CHANTS.

CHANT PREMIER.

ARGUMENT.

Description de la Louisiane. — Arrivée de Chactas à Saint-Augustin. — Départ du jeune Indien.

Je chante les amours, les vertus, l'innocence,
De deux infortunés dont la triste existence
Eut pour témoins les cieux, les flots et les déserts,
Et pour consolateur le Dieu de l'univers.

Que n'ai-je les pinceaux du Corrège et d'Albane,
Pour tracer le tableau de notre Louisiane;
De ce charmant pays qui renferme en son sein,
La beauté, la splendeur, qui régnait dans l'Eden!

La France possédait, au nord de l'Amérique (1),
Un empire étendu sur la rive Atlantique;
Qui commençait avec l'immense Labrador,
Dont les ondes roulaient du sable enrichi d'or,
Sur le sein fortuné des Florides charmantes,
Où mille oiseaux divers en troupes innocentes,

(1) L'Amérique septentrionale.

Désertaient les forêts pour les rians gazons;
En formant les accords de leurs douces chansons,
A l'ombre des bosquets, dont les flots de verdure
Adoucissaient l'éclat de toute la nature;
Jusqu'aux lacs reculés que le ciel accorda
Au sol ambitieux du vaste Canada.
Quatre fleuves prenant leur source inépuisable
Au sein des mêmes rocs, de leur course indomptable
Divisaient en fuyant ces belles régions,
En engraissant le sol des sucs de leurs limons.
Le fleuve Saint-Laurent, s'unit à l'onde amère
Du golfe de son nom; une immense rivière,
De ses flots orgueilleux apporte les tributs
A des mers dont les noms sont encore inconnus;
Et le fleuve Bourbon dont l'onde impétueuse,
Reflette en vacillant l'ombre voluptueuse
Des arbustes courbés sur ces fertiles bords,
Et dans la baie d'Hudson apporte ses trésors.
Le beau Meschacebé, l'honneur de l'Amérique,
S'abîme dans le sein du golfe du Méxique.
Dans sa course embellie il forme des détours,
Et de la Louisiane embrasse les contours.
L'Ohio, l'Illinois, l'Akansa, le Tenasse,
De leurs flots réunis augmente son audace
Qui baigne en parcourant tant d'asiles divers;
Son immense étendue est le Nil des déserts.
Quand les vents déchaînés amènent la tempête,
Que des antiques pins ils abattent la tête,

Et que, des torrens d'eau, compagnons des hivers,
Inondent les forêts, les monts et les déserts....
Le tems, ce bon vieillard vient, d'une main peu sûre,
Rendre la paix aux cœurs, le calme à la nature,
Puis joint tous les débris des plantes et des bois,
Les lie, les cimente, et même quelquefois
Plante des arbrisseaux sur ces radeaux fragiles,
Et les lance bientôt sur les ondes tranquilles ;
Alors sur le grand fleuve on voit de toutes parts,
De charmans pistias et de beaux nénuphars,
Exhaler les parfums de leurs roses brillantes,
Et servir d'étendards à ses îles flottantes.
Sur ces bords fortunés de simples étrangers,
Viennent se confier à ces esquifs légers ;
Et des groupes joyeux de jeunes crocodiles,
De flammans, de hérons et de serpens dociles ;
S'embarquent passagers sur ses vaisseaux de fleurs.
Le plaisir leur sourit, l'amour règne en leurs cœurs;
Et bientôt cette simple et douce colonie,
Débarque en folâtrant sur sa rive chérie.

Plus loin, dans la prairie on voit des savaniers
S'élever, se confondre avec des bananiers ;
Leurs longs rameaux unis, confondant leur verdure,
Semblent nés pour orner le sein de la nature.
Là, des buffles errans les immenses troupeaux,
Trouvent le vrai bonheur sous ses charmans berceaux.

Quelquefois un bison fend les flots à la nage,
Et cherche le repos dans un antre sauvage :
A l'aspect de son front, orné de deux croissans,
Sa barbe limoneuse et ses cris mugissans,
On croirait voir le dieu de ses antiques rives,
Dont l'œil est satisfait de ses eaux fugitives.

Le bord oriental, offre de toutes parts,
Un contraste charmant qui flatte les regards.
Suspendus sur les flots, groupés sur les montagnes,
Des arbres orgueilleux couronnent les campagnes;
S'élèvent dans les airs à d'immenses hauteurs,
Confondent leurs parfums, leurs formes, leurs couleurs.
Les doux bignonias, et les vignes sauvages,
S'enlacent à leurs pieds, atteignent leurs feuillages,
S'élancent de l'érable au tulipier charmant,
Et sur l'alcée en fleurs font naître un sentiment.
En faisant ces détours, ils forment des portiques,
Des voûtes de feuillage et des grottes antiques.
Quelquefois égarés dans ces lieux enchanteurs,
Ils jettent sur les flots de charmans ponts de fleurs.
Du sein de ces massifs, enfans de la nature,
Naît le magnalia, dont la riche parure
Domine avec fierté les monts et les déserts,
Disputant aux palmiers la région des airs.
Sur ces bords fortunés et bien dignes d'envie,
Des troupes d'animaux y répandent la vie.

De ces charmans aspects, sous les dômes lointains,
On aperçoit des ours enivrés de raisins.
Plus loin, des écureuils jouant dans le feuillage,
Cherchent les carriboux parmi l'onde et l'ombrage;
On voit sur des cyprès, des piverts empourprés,
Des cardinaux de feu, des perroquets dorés.
Foulant le frais gazon, les colombes plaintives,
Roucoulent les amours qui les tiennent captives.
Des jolis colibris, étalant leurs couleurs,
Voltigent tout autour des serpens oiseleurs.
Un essaim de zéphirs balancent les feuillages,
Confondent les soupirs des amoureux langages,
Unissent les objets, marient les couleurs,
Et de la jeune aurore ils recueillent les pleurs.
L'onde en quittant ces bords exhale un doux murmure
Qui semble regretter l'éclat de la nature.

La discorde en planant sur le vaste univers,
Vient livrer ce pays aux plus affreux revers;
Fait siffler ses serpens précurseurs de la guerre,
Et de la Louisiane ensanglante la terre.
L'illustre Outalissi, chef d'un peuple vainqueur,
Du désir de la gloire embrase son grand cœur;
Il arme ses guerriers dont les mains triomphantes,
Placèrent sur leur front des couronnes sanglantes.
La victoire est à lui; bientôt son beau pays,
Sera jonché des corps de ses fiers ennemis!...

Vain espoir ! ce Sachem, l'honneur de sa patrie,
Dans ces affreux combats vint terminer sa vie.
Il tombe au champ d'honneur, et ses nombreux guerriers
Changent en noirs cyprès leurs glorieux lauriers.
Son fils ! son tendre fils, rejette au loin ses armes;
Sur son père expirant verse un torrent de larmes.
Sous le poids du chagrin on le voit se pencher,
Et ses pieds chancelans refusent de marcher;
La pâleur de la mort s'étend sur son visage;
Il s'affaiblit; ses yeux se couvrent d'un nuage....

Ces guerriers indomptés, vaincus par le malheur,
En perdant leur Sachem ont perdu la valeur.
Le sombre désespoir affaiblit leur courage
Qui redoute le joug d'un servile esclavage;
Alors abandonnant leurs tristes étendards,
Ces malheureux héros fuyent de toutes parts,
Entraînant avec eux Chactas, dont la jeunesse
Inspirait la pitié, l'intérêt, la tendresse !
Guidé par le hasard, conduit par le destin,
Le fils d'Outalissi fut à Saint-Augustin.

La paix et le bonheur régnant dans cette ville,
Au sensible Chactas offrirent un asile,
Chez un bon Castillan dont la vraie piété
Admira de son cœur la pure ingénuité,
Qui confondait son charme à ceux de l'innocence.
Ce vieillard vertueux, soumis à leur puissance,

Adopta cet Indien, adoucit ses regrets,
Et lui montra des arts les précieux secrets.
Pendant deux ans entiers, son antique sagesse,
Du fils d'Outalissi protégea la jeunesse.
Avec quel saint transport, avec quelle onction,
Il parlait des bienfaits de la religion !...
Cet homme infortuné fut consolé par elle;
Il voulait que Chactas connût cette immortelle,
En élevant ses vœux aux pieds du créateur.

Cet enfant des forêts, sentit naître en son cœur
Le désir de revoir l'heureuse solitude ;
Mais il ne voulait pas que son ingratitude,
Des bienfaits de Lopez soit le prix odieux !
Il combat ce penchant puissant, insidieux,
Qui double les attraits de ces flots de verdure,
Dont le charme embellit le sein de la nature.
Ne pouvant surmonter ces profonds sentimens,
Il dévoile à Lopez l'excès de ses tourmens.
Le Castillan surpris, verse un torrent de larmes,
Pressant contre son sein l'objet de ses alarmes :
« Retraites des déserts, ô trop doux souvenirs !
» Dit-il, en exhalant de douloureux soupirs ;
» Va, magnanime enfant, reprends l'indépendance
» Chère à tous les mortels et leur seule espérance !
» Oui, retourne au désert ; dans ces vastes forêts,
» Si j'étais jeune encor, je t'accompagnerais,

» Et je te remettrais dans les bras de ta mère.
» Ah ! je pourrais revoir l'asyle tutélaire !...
» Désirs doux et cruels, ah ! fuyez de mon cœur,
» L'infortuné Lopez est né pour le malheur !
» Le bonheur, ô mon fils ! est une fleur légère,
» Le vent des passions la détruit ou l'altère.
» Si ton cœur est guidé par l'auguste vertu,
» Il ne sera jamais des revers abattu. »

Il dit : étend lès bras vers la voûte éthérée,
Implore avec ferveur sa puissance sacrée,
Pour cet enfant chéri !... sa consolante voix
Le bénit tendrement, et lui rend tous ses droits.

Mais pour quitter Lopez, Chactas encor balance...
Dieux ! il a triomphé de la reconnaissance ;
Et cette ame de feu, se livrant au hasard,
Dit adieu pour toujours au sensible vieillard,
Qui le rappelle encor et de loin le contemple !...
Du jeune infortuné, la nature est le temple.

FIN DU CHANT PREMIER.

ATALA,

POËME.

CHANT SECOND.

ARGUMENT.

Arrestation de Chactas. — Apparition d'Atala. — Départ de la troupe. — Promenade nocturne des deux amans. — Arrivée des Indiens à Apalachucla.

DÉJA l'ombre pâlit, la porte orientale
S'ouvre pour recevoir la nymphe matinale,
Qui s'élançant du sein de son lit parfumé,
Rend la splendeur du jour à l'univers charmé!
L'horizon reflétant sa pourpre éblouissante,
Darde les doux rayons de la lueur naissante
Dont l'aurore embellit l'immensité des cieux,
En laissant exhaler des parfums précieux.
Des brillantes couleurs les teintes séduisantes,
Prenent dans le lointain mille formes riantes:
La pourpre et le cristal s'unissent avec l'or;
L'argent avec l'azur se confondent encor.
Les oiseaux voltigeans sur le naissant feuillage,
Offrent à l'Eternel leur innocent hommage!
Chactas en cet instant répand de douces pleurs,
Qui tombent par torrens sur des groupes de fleurs.

Mais le ciel le punit de son ingratitude.
En égarant ses pas dans cette solitude,
Il rencontre aussitôt de nombreux ennemis,
Qui ravageaient encor ce superbe pays.
Les panaches mouvans qui couronnaient sa tête,
Annoncent aux guerriers le prix de leur conquête.
Ils le chargent de fers, et dans ce même instant,
Le mènent en triomphe au milieu de leur camp.

Le peuple Muscogulge, avec le Siminale,
Respirent la gaîté toujours pure et égale.
Leur idiome doux, facile, harmonieux,
Exprime le bonheur de ses peuples joyeux.

Les femmes des guerriers, témoignant leur tendresse
Au charmant prisonnier, plaignirent sa jeunesse.
Leurs soins doux et touchans charmèrent son ennui,
Calmèrent sa douleur et furent son appui.
Elles lui demandaient si les charmans bocages,
Ombrageaient son berceau de leurs naissans feuillages?
Combien il avait vû renaître de printems?
Si son cœur connaissait les tendres sentimens?...
Alors il répondait : « Seize fois la nature
» Dépouilla les bosquets de leur riche parure,
» Depuis que Nisida m'a fait présent du jour,
» Près du Meschacebé, dans un charmant séjour.
» Souvent elle m'a dit, cette sensible mère,
» Qu'une vierge ressemble à la fleur solitaire

» Qui répand ses parfums dans les bois spacieux,
» En donnant aux mortels un baume précieux! »

Ainsi parlait Chactas; à son simple langage,
Elles versaient des pleurs, admiraient le courage
De ce cœur innocent dont le calme parfait
Attendait le trépas sans un faible regret!

De ses voiles épais la nuit brunit les ombres,
Et couvrit l'univers des teintes les plus sombres.
L'intéressant Chactas assis près du bûcher,
Reposait aux côtés d'un terrible guerrier;
Son ame jouissait de cette paix si pure,
Que donne l'innocence! Il entend un murmure;
Il augmente, il approche, et son œil enchanté,
Voit paraître, ô surprise! une jeune beauté!
Son visage exprimait l'attrait irrésistible
D'une ame vertueuse, aimante et bien sensible!
Un petit crucifix qui brillait sur son sein,
Donnait à cette belle un céleste maintien;
Et la faible lueur du bûcher funéraire
Fit briller quelques pleurs roulans dans sa paupière.
Chactas crut que c'était cet ange des amours,
Qu'on donne aux prisonniers sur la fin de leurs jours;
Son aspect enchanteur offre encor l'espérance,
A ses infortunés accablés de souffrance.
Mais il sent tressaillir son trop sensible cœur;
Et surmontant l'attrait de ce trouble vainqueur,

Il dit : « Comment unir et la mort, et la vie ?
» Mon ame en ce moment par la douleur flétrie,
» N'est pas digne de toi; qu'un autre plus heureux,
» S'engage pour toujours par de solides nœuds !
» Que par de doux contours la liane et le chêne
» Enlacent leurs rameaux dans cette immense plaine. »

« Je me nomme Atala, répondit la beauté,
» Mon père, des guerriers est le chef indompté ;
» Et je ne fus jamais cet objet tutélaire
» Qui voile du trépas la fureur téméraire. »
Alors, de longs soupirs s'exhalent de son sein,
Et d'une voix émue : « Ah dis !... es-tu chrétien ? »
L'Indien lui répond : « Né dans la Louisiane,
» Je n'ai jamais quitté les dieux de ma cabane. »

A ces mots, Atala prend son Christ précieux,
Et prie avec ferveur le souverain des cieux.
L'espoir doux d'ajouter à sa gloire passée,
Dans ce moment suprême occupe sa pensée.
Puis elle dit : « Apprend par la triste Atala,
» Que nous allons marcher vers Apalachucla.
» C'est là, pauvre Chactas, que loin de ta patrie,
» Tu verras terminer tes malheurs et ta vie ! »
En proférant ces mots, la fille des déserts
S'éloigne du mortel accablé de revers.

Comme un tendre génie actif et tutélaire,
Chaque soir Atala, dans l'ombre du mystère,

Veillait près de Chactas; faisait naître en son cœur
L'espoir cher aux mortels et leur consolateur.
L'amour, le tendre amour, de ses divines flammes,
De son feu le plus pur vint embraser leurs ames.

Mais la troupe marchait vers les funestes lieux,
Qui devaient terminer des jours si précieux
Pour le cœur d'Atala! Cette amante sensible,
Veut en vain retenir le temps trop inflexible.
Ah! ce cruel vieillard, sans pitié pour ses maux,
Va plonger son ami dans la nuit des tombeaux!

La funeste cité se présente à leurs vues.
Tout autour des coteaux s'élèvent jusqu'aux nues;
Des immenses forêts, de superbes palmiers,
De beaux magnolias, de charmans citronniers,
Annoncent aux guerriers le but de leur voyage.

Un féroce plaisir brille sur le visage
Du barbare Sachem, et sa tonnante voix
Fait gémir les échos retirés dans les bois.
Il campe ses héros dans une immense plaine;
Conduit son prisonnier au bord d'une fontaine,
L'attache au pied d'un arbre; à son ordre un guerrier
S'avance pour garder le jeune prisonnier.

Tel un fragile lis flétri par un orage,
Exhale ses parfums sur un lointain rivage;
Ainsi Chactas, penché vers de tranquilles flots,
Sentait naître en son cœur le charme du repos!

L'image d'Atala paraît dans l'onde pure
Qui frémit de plaisir, exhale un doux murmure,
En cédant doucement à son tendre penchant.
L'Indien transporté de cet aspect touchant,
Reconnaît de l'amour la suprême puissance,
S'unissant aux attraits de la douce espérance!
La fille du Sachem, au bord fangeux des eaux,
Avance doucement parmi les noirs roseaux,
Sous les liquidambards de ces ondes limpides,
Qui dormait dans un puits fameux dans les Florides.
Au garde de Chactas elle adresse ces mots:
« Va, poursuis les chevreuils; ce timide héros
» Ne pourra m'échapper.» S'élançant dans la plaine,
Le guerrier Siminal le lui cède sans peine.
Ses sensibles amans oublient leurs malheurs,
Confondent leurs soupirs, versent de douces pleurs!..
La fille du désert rompt enfin le silence:
« Ah! conservez pour moi votre chère existence!
» Dit-elle à son ami, profitez du moment;
» Car vous êtes ici retenu faiblement! »
« Retenu faiblement?... O ma céleste amie!
» Sans toi, sans ton amour, que m'importe la vie?..»
» Au nom de cet amour je t'ordonne de fuir,
» C'est le vœu d'Atala, c'est là son seul désir! »
En proférant ces mots, cette belle sauvage
Affranchit son ami du joug de l'esclavage;
Et ses doigts délicats, et ses charmantes mains,
Viennent de dénouer ses funestes liens.

Mais Chactas les lui rend, et sa bouche tremblante
Refuse de quitter sa généreuse amante.
« Insensé, reconnais les périls où tu cours;
» Songe que Simaghan est l'auteur de mes jours. »
« Il fut un tems, dit-il, qu'Outalissi, mon père,
» Ne m'aurait pas laissé dans la terre étrangère;
» Conduisant ses guerriers aux sentiers de l'honneur,
» Il m'aurait arraché des mains de mon vainqueur...»
Puis reprenant encor d'une voix attendrie :
« Et je suis maintenant sans amis, sans patrie!
» Amante de mon cœur, conçois-tu mes regrets?...
» Ah! cède à notre amour, suis-moi dans les forêts.
» Le bonheur est toujours au sein de la nature,
» Dans les plis verdoyans de sa riche parure....
» A ton sincère ami, ton cœur ne répond pas;
» Voudrais-tu le livrer aux horreurs du trépas? »

Il dit: et comme un faon qui parcourt les savanes,
Se pend aux simples fleurs des charmantes lianes,
Tel se suspend Chactas aux lèvres d'Atala;
Une main sur le cœur : « C'en est fait, il est là;
» Elle s'écrie alors, ô trop fatal mystère!...
» Terrible engagement! Qu'avez-vous fait ma mère!..
» S'arrachant de ses bras: Je te fuis pour toujours;
» Adieu jeune Idolâtre, oublions nos amours! »
Tel un torrent grossi par les flots des orages,
S'élance, et de débris sème au loin ses rivages;

Cet amant malheureux exprime la douleur
Qui double les regrets de son sensible cœur.

Dans ces mêmes instans, des affreux crocodiles,
De leurs rugissemens troublent ces bords tranquilles,
Précipitent le cours de ces limpides eaux,
Fatiguent les déserts, qui voilent les échos.
Cette amante en frémit... « Quittons la grotte noire,
» Dit-elle à son ami, vois ce beau promontoire! »
Oubliant ses revers, oubliant ses regrets,
Ce couple intéressant marche au sein des forêts.
Aux pieds de ces coteaux, des golfes de verdure
Répandent la fraîcheur sur toute la nature;
L'astre éclatant du jour dans le sein de Thétis,
Penche amoureusement ses rayons amortis;
La nuit a commencé sa course ténébreuse;
L'enceinte des forêts devient silencieuse.
Et là, dans ce désert, ses amans attendris,
S'enivrent d'un soupir, s'enivrent d'un souris!
Leurs deux noms répétés souvent se font entendre.
Ta flûte, dieux des bois, n'a pas un ton si tendre!

Le cœur de l'Indien agité tour-à-tour,
Et par l'indépendance, et les peines d'amour;
Montre des passions les erreurs, la faiblesse,
Subjugant les humains et les guidant sans cesse.

Alors, la solitude et le calme des bois,
Entendent d'Atala la suppliante voix

Adresser à Chactas de bien douces prières,
Pour l'engager à fuir dans ces lieux tutélaires.
Mais alors n'écoutant que son amour fatal,
Il voulut retourner dans le camp siminal.
Le soleil commençait à dorer les vallées;
Et les superbes chefs des troupes alliées,
S'assemblent dans le sein d'un vallon spacieux,
Pour confondre à jamais, en présence des cieux,
Le sort de leurs pays. Cette heureuse alliance
A reçu pour garant l'auguste confiance!
Dans ce jour fortuné, les accens des échos,
Répètent les plaisirs d'innombrables héros.

Lorsque sur l'univers la nuit déploie ses voiles
Parsemés de l'éclat des brillantes étoiles;
Que l'ange des déserts, en balançant les pins,
Confond leurs doux parfums à ceux des tamarins,
Et soufle leurs vapeurs à la voûte éthérée!
Atala reparaît; cette biche altérée
Conjure son amant d'abandonner ces lieux;
Et de fuir à jamais ce sol délicieux!...
Chactas saisit sa main, la presse dans la sienne,
Et l'entraîne aussitôt dans la forêt prochaine.

Ils virent au travers d'un flexible rameau,
Un aimable Indien qui portait un flambeau;
C'était un jeune amant dont l'active tendresse
Allait pour s'assurer de sa belle maîtresse;

Si l'amante sensible en ce moment si doux,
Eteignait la lumière, elle acceptoit l'époux.
Invoquant de l'amour le céleste génie,
Il répétait ces mots d'une voix attendrie :

« Oui je devancerai jusques aux pas du jour,
» Pour prouver à Mila l'excès de mon amour !

» Le collier de son cou, lui dit par ses nuances,
» Mes craintes, mon amour, même mes espérances !

» Ses cheveux sont légers comme un beau champ de ris ;
» Ah ! puisse ses beaux yeux et son charmant souris,
» Ses lèvres de corail, la blancheur de ses charmes,
» Appaiser de mon cœur les peines, les alarmes !....

» Laissez-moi devancer jusques aux pas du jour,
» Pour prouver à Mila l'excès de mon amour ! »

Ainsi dans le désert chantait ce beau sauvage.
Les accens de sa voix, son tendre et doux langage,
Firent frémir leurs mains, tressaillir leurs deux cœurs,
Répandre sur leurs seins les plus brûlantes pleurs !....
Telle parmi les fleurs coule une source pure.
Mais ils furent distraits de ce tendre murmure,
Par un intéressant et magique tableau.
Un groupe de beautés errait près du tombeau
D'un innocent enfant, espérant que son ame,
De la maternité leur donnerait le charme !

Et croyant la saisir dans ces lieux enchanteurs,
Leurs lèvres s'entr'ouvraient sur des groupes de fleurs.
Mais peu de tems après la véritable mère
Vient arroser de lait ce dur berceau de terre ;
Puis y place en tremblant une gerbe d'épis,
Entourés d'un bouquet de blanches fleurs de lis.
Ne pouvant retenir un déluge de larmes,
Elle s'écrie alors : « O mon fils, plein de charmes!
» Je ne dois pas pleurer ton bonheur, ton repos;
» Puisque dans le désert les innocens oiseaux,
» Ne trouvent quelquefois que des graines amères.
» Tu n'a pas ressenti les affreuses misères
» De la fatale haine et des dissensions;
» Ton cœur n'a pas connu l'erreur des passions...
» Ah! le bouton de fleur qui sèche à sa naissance,
» A passé comme toi, chéri de l'innocence! »

Ses images d'amour et de maternité
Subjuguaient ces amans dans ce bois enchanté!
La sensible Atala se jette sur la terre,
En adressant au ciel une auguste prière ;
Avec quel saint respect, avec quelle onction,
Sa vertu se confie à la religion !
Même au sein des forêts sa céleste influence
Vient de vaincre l'amour et sa toute puissance.

Près d'un vieux pin tombé, l'innocence à genoux
Elevait vers le ciel des accens aussi doux!

Que les divins accords formés par tous les anges,
Pour chanter de leur roi les célestes louanges ;
Et Chactas croyait voir leurs groupes réunis,
Ecouter d'Atala les accens attendris.
Dans ce moment suprême, ô dieux, qu'elle était belle!
Elle aurait pu régner dans la cour immortelle.

Qui mieux que la vertu sait subjuguer les cœurs,
Vaincre les passions, de ses charmes vainqueurs?
Chactas, cédant aux vœux de sa divine amie,
Va bientôt fuir ces lieux pour sa chère patrie ;
Jure d'aimer toujours par les cieux, les déserts....
Soudain, un cri de mort fait retentir les airs,
Et quatre hommes armés saisissant le sauvage,
Le chargent des liens du plus dur esclavage.

La sensible Atala frémit de ses dangers ;
Lance un regard superbe aux féroces guerriers ;
Et son ame élevée au-dessus du vulgaire,
Espère de fléchir le grand cœur de son père.

FIN DU CHANT DEUXIÈME.

ATALA,

POËME.

CHANT TROISIÈME.

ARGUMENT.

Chactas est reconduit au camp. — Préparatifs du sacrifice. — Atala sauve Chactas.

Comme un tendre ramier surpris par un chasseur,
Au moment qu'il chantait son amour, son bonheur,
Voit éloigner de lui sa compagne innocente,
Il la rappelle en vain ; sa plainte gémissante
Dit adieu pour toujours aux fortunés bosquets ;
Fatigue les échos de ses tristes regrets !
Ainsi le prisonnier, d'une voix attendrie,
Appelait Atala !... cette sensible amie,
Aux cris de son amant alors ne répond pas ;
Vers le suprême chef elle porte ses pas.
A l'aspect redouté de son superbe père,
L'émotion redouble : elle craint sa colère....
Mais le puissant amour en maîtrisant son cœur,
De tous ses grands combats est devenu vainqueur.
Simaghan l'aperçoit, il s'émeut, il s'étonne.
Il sent qu'à son aspect son courroux l'abandonne ;

En contemplant ce front si noble, si serein,
Le glaive redoutable échappe de sa main.
Tombant à ses genoux, cette fille chérie
Implore de Chactas et la grace, et la vie!...
Le nom du prisonnier ranime sa fureur;
Il repousse aussitôt Atala de son cœur,
Et lui dit : « Ta pitié m'indigne et m'humilie;
» Quoi, tu veux que Chactas, l'espoir de sa patrie,
» Elève contre moi tout un peuple ennemi,
» Et que de ce séjour ton père soit banni?
» Non, ne l'espère pas; ma terrible vengeance
» S'étendra sur Chactas, et sur son peuple immense.
» Alors, ils connaîtront la valeur et les droits
» Du Sachem qui se place au rang du roi des rois. »

A ce terrible arrêt, cette sensible amante
Succombe à son effroi, tremble et tombe expirante...
Et du sein de Chactas on vient de l'arracher.
Sous le poids du chagrin on le voit se pencher:
Tel un jeune arbrisseau battu par un orage,
Dont les frêles rameaux dépouillés de feuillage
Se courbent; et l'effort d'un vent impétueux
L'arrache de ce sol doux et voluptueux!
Ainsi paraît Chactas, dont on peint la figure;
Des perles et des fleurs composent sa parure;
Une chichikoué (1) repose dans sa main.
Les regards sont tournés vers ce fragile humain

(1) Instrument des Sauvages.

Que l'on a costumé pour l'affreux sacrifice,
Entouré de guerriers il s'avance au supplice.
Le fils d'Outalissi, l'homme aimé d'Atala,
Traverse en criminel tout Apalachucla!
La conque du Mico se fait bientôt entendre (1),
Ordonnant au Sachem à l'instant de se rendre
Au suprême conseil : on veut que le guerrier,
Ne livre pas au feu le noble prisonnier.

Au péril de leurs jours les bons missionnaires,
Par leurs grandes vertus, leurs touchantes prières,
Ont enfin obtenu, dans plusieurs nations,
D'éteindre le bûcher de leurs punitions.
Ils ont substitués à cette loi sauvage,
Le supportable joug du plus doux esclavage.

Le Muscogulge encor n'avait pas adopté
Cette loi qui repose au sein de sa cité;
Et son féroce cœur fait encor ses délices,
Du spectacle effrayant de ses affreux supplices.

Le trépas de Chactas d'abord fut suspendu,
L'espoir soutint encor son courage abattu;
Mais bientôt un bruit sourd, précurseur d'un orage,
Fit tressaillir son cœur et pâlir son visage.
Il voit de toutes parts des peuples attendris,
Elevant dans les airs leurs lamentables cris!

(1) Chef de la nation.

Des féroces héros l'impitoyable joie,
Annonce que bientôt il deviendra leur proie;
Et Simaghan revient. Ce barbare guerrier
Ordonne le trépas du jeune prisonnier.
Ses satellites vains conduisent l'innocence,
Sans appui, sans secours, que la douce espérance!
Au milieu d'un vallon, entouré de cyprès,
Nommé *le Bois de sang*, ou *Séjour des regrets*.

Au centre de ce bois est une vaste arène,
Où l'on voit triompher l'injustice et la haine;
Là, les filles du Styx couvertes de lambeaux,
Pour ce séjour affreux ont fui les noirs tombeaux.
La mort, l'affreuse mort, dans ce lieu funéraire,
A jeté sur Chactas un regard téméraire.
Les larmes du chagrin, et d'absinthe, et de fiel,
Vont bientôt arroser l'arbre du grand sommeil,
Planté dans ce séjour par ses barbares hommes.
Ils sappent des forêts les magnifiques dômes,
De ces arbres tombés ils forment le bûcher
Qui domine le front d'un orgueilleux rocher.
Des immenses débris de leur antique faîte,
On élève des bancs pour jouir de la fête.
Le malheureux Chactas se résigne à son sort,
Et chante avec fierté les hymnes de la mort:
« Guerriers, je ne crains rien; Sachem, je te défie,
» Au fils d'Outalissi de faire aimer la vie!

» Prépare

» Prépare des tourmens dignes d'un tel vainqueur,
» Ils n'arracheront pas un soupir de mon cœur! »

Tous les préparatifs de cet affreux supplice,
N'étaient pas achevés pour ce grand sacrifice,
Avant la fin du jour; le coucher du soleil
Suspendit les travaux de ce grand appareil.
Jusques au lendemain la plaintive innocence,
Pouvait encor jouir de la douce espérance!

Pour repaître leurs cœurs de tous les maux affreux,
Qui devait accabler ce jeune malheureux,
Ces mortels effrénés, que la haine dévore
Se livrent aux festins en attendant l'aurore.

L'infortuné Chactas, étendu sur le dos,
Etait loin de goûter un paisible repos.
La nuit est descendue, et sur ses pas funèbres
Volent rapidement les épaisses ténèbres.
Les lugubres oiseaux quittent les noirs cyprès,
Et de leurs tristes cris ébranlent les forêts;
Les feux ne jettent plus que des lueurs tremblantes
En éclairant encor quelques ombres errantes;
Tout s'endort au désert; et le calme des bois
Remplace le chaos de plus de mille voix.

Mais Atala le laisse à son inquiétude,
Au moment de mourir; dieux quelle ingratitude!...
La paisible Phœbé sur son char radieux,
Fait briller son flambeau sous le dôme des cieux.

De cet orbe enchanteur le charme irrésistible
Appaise les tourmens de cet être sensible !
Ses rayons bienfaisans suspendent sa douleur,
Et vont de sa pensée électriser son cœur.
Mais ses yeux fatigués d'un déluge de larmes,
Des bienfaits du sommeil goûtent enfin les charmes!
Des songes, mille fois plus rians que le jour,
Lui montrent Atala dans ce triste séjour,
Accourant près de lui pour soulager ses peines,
Et le débarrasser de ses funestes chaînes.
A son charmant aspect l'adversité s'enfuit;
L'amour, le tendre amour, devient son doux appui:
Il lève de Chactas la pesante paupière,
Lui montre, à la lueur d'un rayon de lumière,
Un grand fantôme blanc dénouant ses liens.
Il va pousser un cri !... mais de bien douces mains
S'arrêtent aussitôt sur sa bouche indiscrète.
Ah! son cœur agité par une voix secrète,
Lui dit: « C'est Atala qui vient sauver tes jours,
» Reconnais à ce trait le pouvoir des amours. »

Une corde restait, et le fixait à terre;
Un guerrier de son corps la couvrait toute entière.
L'amante la dénoue, et dans ce même instant,
Elle voit le héros dressé sur son séant.
D'amour et de frayeur elle reste immobile;
N'ose pas respirer..... ce soin est inutile;

Le héros, la prenant pour l'esprit dangereux,
Se couche tout tremblant et referme les yeux.
Le lien est rompu, dans ce moment propice,
Chactas court sur les pas de sa libératrice.
Ce couple malheureux sur ces bords étrangers,
Se trouve environné des plus affreux dangers :
En cherchant de la nuit les réduits les plus sombres,
Ils trouvent des mortels endormis dans les ombres.
Quelquefois un guerrier rompt le calme des bois,
Atala lui répond en déguisant sa voix ;
Des dogues attentifs font un affreux tapage,
Afin de s'opposer à leur furtif passage.
A peine ils sont sortis des mains de leurs bourreaux,
Que d'affreux hurlemens font gémir les échos.
Atala craint pour lui, Chactas pour sa compagne :
Des sauvages errans parcourent la campagne.
Afin de retrouver le couple malheureux,
L'un pousse de grands cris, l'autre attise les feux.

Quand des bras de Titon l'Aurore fut sortie,
Chactas était bien loin avec sa tendre amie ;
Dieux ! quel fut son bonheur et sa félicité,
De presser Atala sur son cœur agité !...
Et comment exprimer son amour, son ivresse,
Les sermens qu'il lui fit de l'adorer sans cesse !
La fille du désert sourit à son amant,
Répandit quelques pleurs, et lui dit tendrement :

» Sachant de mon pays les antiques usages,
» J'ai voulu te ravir aux barbares sauvages.
» Par quelques vains présens j'ai séduit le jongleur,
» De ces préparatifs il causa la lenteur.
» Et de l'esprit du feu, la dangereuse essence (1)
» Enivra tes bourreaux. Livrée à l'espérance,
» Au milieu de la nuit je parvins jusqu'à toi,
» Malgré tous mes efforts tu n'eus pas fuis sans moi...
» Pour moi, tu te livrais aux horreurs du supplice!
» Ton Atala pour toi fera ce sacrifice. »

(1) L'eau-de-vie.

FIN DU CHANT TROISIÈME.

ATALA,

POËME.

CHANT QUATRIÈME.

ARGUMENT.

Voyage de Chactas et d'Atala. — Orage. — Histoire d'Atala. — Reconnaissance des deux amans. — Aspect d'un solitaire.

L'IVRESSE, aux Indiens causant de longs tourmens,
Empêcha d'arrêter les fugitifs amans.
Ce beau couple, espérant de trouver un asile,
Avait tourné ses pas vers l'étoile immobile (1).
Ses aimables amis toujours infortunés,
S'aperçurent bientôt qu'ils avaient peu gagnés
A chercher dans les bois leur sûre délivrance;
Sans avoir de ces lieux l'utile expérience.
Qu'allaient-ils devenir en s'égarant toujours,
Dans ces vastes déserts? Ils étaient sans secours.

Pour consoler Chactas, elle oubliait ses peines,
Lui tressait des habits de l'écorce des frènes.
Son amant à son tour la couronnait de fleurs;
Lui faisait des colliers de divers couleurs.

(1) Le nord.

Quelquefois rencontrant un fleuve solitaire,
Tous deux ils partageaient son onde tutélaire.
Tel un couple amoureux, de cygnes voyageurs,
Egaré quelquefois dans ces lieux enchanteurs.

Contre les feux du jour, ils trouvaient un ombrage
Sous les rideaux de mousse attachés au feuillage,
Des cèdres, des palmiers, des épais chênes verts,
Dont les longs voiles blancs paraient tous les déserts.
Des oiseaux accrochés à cette draperie,
Présentaient avec elle une tapisserie.
Chactas et Atala rencontraient quelquefois
Ses hôtels merveilleux, en parcourant les bois.
Lorsque le doux Zéphir et le fougueux Borée
Balançaient les forêts de toute la contrée,
Que les légers châteaux bâtis sur leurs rameaux,
S'agitaient dans les airs avec tous les oiseaux
Qui trouvaient dans leur sein de bienfaisans asiles;
Que des soupirs sortaient de ses voûtes mobiles;
Non jamais des beaux arts les chefs-d'œuvre divers,
N'ont encor approché du monument des airs.

Le soir, ils bâtissaient la hutte du voyage;
Puis allumaient du feu pour leur repas sauvage;
Une gaule plantée au-devant du brasier,
Se courbait sous le poids d'un faisan, d'un ramier,
Et tous deux à l'entour regardaient avec joie,
Le vent qui prenait soin de retourner leur proie.

D'autrefois, ils mangeaient l'écorce des bouleaux ;
Pour se désaltérer, cherchaient dans les roseaux
La plante dont la fleur en cornet allongée,
Renferme dans son sein la plus pure rosée.
Ah! comme ils bénissaient cet être créateur
Qui confiait cette onde au doux sein d'une fleur,
Au milieu des marais. Comme la Providence
Epand sur les mortels la céleste espérance !

Mais le cœur d'Atala constamment agité
Par l'amour, la vertu, la sensibilité,
Fut bientôt subjugué par la mélancolie.
Chactas s'en aperçut et trembla pour sa vie !
Elle ne goûtait plus les douceurs du sommeil,
Ses regards passionnés se portaient vers le ciel,
Des soupirs s'exhalaient de son ame oppressée,
Qui semblait récéler une triste pensée.

Quelquefois succombant à son sincère amour :
« Je t'aime, cher ami, comme l'éclat du jour ;
» Je te vois, je t'entends, dans tout ce qui respire ;
» Dans toutes tes actions je t'adore et t'admire !
» Tu me fais tressaillir en te penchant sur moi....
» Hé bien! pauvre Chactas, je ne puis être à toi. »

L'amour et la fierté de ce grand caractère,
De cette ame élevée au-dessus du vulgaire,
S'arrachant quelquefois au trop tendre abandon,
Pour se jeter aux pieds de la religion,

Agitaient fortement cette ame si sensible !
Et toujours la rendait plus incompréhensible.
L'astre du jour penché vers l'abîme des mers,
Lançait ses doux rayons aux enfans des déserts ;
Des monts Allegany leur fit passer la chaîne,
Et guidant les détours de leur course incertaine,
D'un long bras du Tenasse il brille sur les bords.
Là, l'amour seconda leurs pénibles efforts,
Ils creusent un canot, cette barque légère
Abandonne leur sort à l'onde passagère,
Dont le doux bruit se mêle aux accens d'un écho.

Des tombeaux survivant aux ruines de Stico,
Se montraient aux détours d'une haute montagne ;
Le long vallon de Keow tapissait la campagne,
Jusqu'à Jore élevé sur un mont orgueilleux ;
Des falaises bordaient le fleuve impétueux.

Ces jeunes voyageurs semblaient d'intelligence
Avec la solitude, où régnait le silence ;
Et leurs cœurs réunis dans ces heureux momens,
Elevaient jusqu'au ciel leurs vœux reconnaissans.
D'autrefois Atala, songeant à sa patrie,
Attristaient le désert de sa mélancolie.

« L'étranger dévoré par un mortel ennui,
» Est privé du secours d'un salutaire appui ;
» Heureux ceux qui sont loin des fêtes étrangères,
» Et ne se sont assis qu'aux rives bocagères !

» Si le geai bleu touché des longs gémissemens,
» Dont l'oiseau voyageur exhale ses tourmens;
» Lui disait : ah, suspend cette douleur profonde!
» Jouis de ces bosquets, baigne-toi dans cette onde.
» L'oiseau lui répondrait : dans d'autres régions,
» Le soleil sur mon nid darde ses doux rayons.

» Heureux ceux qui sont loin des fêtes étrangères,
» Et ne se sont assis qu'aux rives bocagères.

» Groupes de vrais amis, amusant leurs loisirs
» Par les contes charmans de leurs tendres plaisirs;
» Habitude d'aimer, heures si fortunées,
» Sous le toit paternel vous coulez les journées!
» Là, si l'on est frappé par le fatal trépas,
» Les pleurs de l'amitié ne vous oublieront pas.

» Heureux ceux qui sont loin des fêtes étrangères,
» Et ne se sont assis qu'aux rives bocagères! »

Ah! rien n'interrompait dans ces tristes momens,
De la tendre Atala les aimables accens;
Que de faibles échos cachés dans les montagnes,
Qui contaient ses regrets aux immenses campagnes.
On eût dit que les cœurs de sensibles amans,
Aussi malheureux qu'eux, répétaient leurs tourmens.
Chactas, la surprenait versant d'amères larmes,
Et paraissant en proie aux plus vives alarmes,

En sentant affaiblir son courage abattu,
Dont sa chute entraînait sa céleste vertu.
Elle priait toujours les mânes de sa mère,
Et croyait voir sortir du centre de la terre
Son fantôme en courroux; et même quelquefois
Elle entendait gémir une plaintive voix.

Son amant, épuisé de fatigue et de peine,
Sentait un feu brûlant courir de veine en veine....
Il allait succomber sous les traits de l'amour,
Songeant que dans les bois ils étaient sans retour.
Cent fois il proposait à sa divine amie
De s'unir au désert et d'y passer leur vie :
« Songe, répondait-elle à son sincère ami,
» Aux devoirs imposés au fils d'Outalissi !
» Il se doit au bonheur de sa patrie entière,
» Qui redemande en lui les vertus de son père. »

Mais sans cesse accablé de crainte, de soucis;
Exposés d'être pris par d'affreux ennemis,
Et de subir la mort, ou l'affreux esclavage;
Piqués par les serpens de ce désert sauvage;
Entraînés quelquefois par le courant des flots;
Ne pouvant plus jouir d'un bienfaisant repos;
Ne sachant où aller, n'ayant plus d'espérance,
A peine ils soutenaient leur fragile existence.
Ce couple infortuné marchait depuis vingt jours,
Quand la lune de feu commença son grand cours.

Le ciel, de toutes parts, se couvrit de nuages;
L'impétueux Eurus fit frémir les feuillages,
Vers l'heure où les oiseaux parcourent les forêts,
Pour chercher le repos dans le creux des cyprès.
Le désert fit silence, et les forêts muettes
Firent taire les voix de toutes les retraites.
D'un tonnerre lointain le tremblant roulement,
En descendant des cieux s'avance mollement;
Et frappant les échos des montagnes antiques,
Remplit tout le désert de ces bruis magnifiques!
Chactas et Atala redoublent leurs efforts,
Abandonnent leur barque et montent sur ces bords.

Ils tournèrent leurs pas dans ce désert sauvage
Sous des épais smilax; dont l'importun feuillage,
Se courbant en berceau sur un terrein fangeux,
Lui voilait à jamais le spectacle des cieux.
Des ceps, des indigos, des lianes rempantes,
S'enlaçant tout autour de plus de mille plantes,
De leurs longs fils formaient des importuns tissus,
Et de ses voyageurs entravaient les pieds nus.
L'humidité du sol de ces lieux solitaires,
Entr'ouvrait sous leurs pas des immenses fondrières.
Ils étaient aveuglés par des chauves-souris;
Des troupes d'animaux recherchant ces abris,
De leurs rugissemens remplissaient la retraite.
Des bisons et des ours, des serpens-à-sonnette,

Bruissaient de toutes parts; les hurlemens des loups,
Augmentés par les cris des jeunes carcajoux,
Des tigres effrayés par le bruit du tonnerre,
De leurs rugissemens ébranlaient ce repaire.

L'obscurité redouble et voile les déserts,
Les vents impétueux bouleversent les mers,
Sifflent dans les forêts, moissonnent leurs feuillages;
Et jusque dans les cieux font choquer les nuages.
L'éclair traçant au loin un rapide sillon,
Fait briller le tableau de la destruction.
Au travers du torrent des ondes blanchissantes,
On voit des nouveaux cieux, des campagnes ardentes.
Ces éclats, ce chaos, ce bouleversement,
Vont conquérir ces lieux de leur embrâsement,
Et les monts orgueilleux de leurs hauteurs sublimes!
De leurs vastes débris vont combler les abîmes.
Tous les bois allumés, élancent dans les airs
Le terrible élément qui remplit les enfers.

Le grand esprit le sait, il s'oublia lui-même,
Et ne vit qu'Atala dans ce moment suprême!
Assis dessous le tronc d'un immense bouleau,
Il la garantissait de ce déluge d'eau;
Réchauffait ses beaux pieds dans ses mains amoureuses,
Et bravait des échos les plaintes douloureuses.
En écoutant les bruits de ce vaste désert,
Tout-à-coup il sentit sur son sein découvert,

Une larme tomber des yeux de son amie :
« Orage de son cœur, est-ce là votre pluie?
» Dit le tendre Chactas, la serrant sur son sein.
» O ma chère Atala! cela fait tant de bien,
» Quand un sincère ami regarde dans notre ame!
» Au sensible Chactas, fais connaître ce charme!...
» Mais, tu ne réponds pas; ouvre-moi donc ton cœur;
» Apprend-moi le sujet qui cause sa douleur!...
» Tu caches ta pensée, ô ma céleste amie!
» Hélas! je le vois bien, tu pleures ta patrie. »

« Pourrais-je regretter ma terre, ses guerriers?
» Mon père n'était pas du pays des palmiers.
» — Quel est donc ce mortel, beauté pleine de charmes,
» Qui vint te déposer dans ce séjour d'alarmes? »

« — Ma mère était liée avec un blanc mortel,
» Avant qu'elle s'unît à ce guerrier cruel.
» Ses parens, lui jetant de l'eau sur le visage,
» Veulent que du Sachem elle soit soit le partage;
» Enfin, elle obéit à cet ordre odieux!
» Et de gloire enivré, superbe, radieux,
» Il devint son époux. Ma malheureuse mère,
» Succombant sous le poids de sa douleur amère,
» Lui conta ses chagrins; et touché de ses pleurs,
» Il daigna consoler ses profondes douleurs;
» M'adopta pour sa fille et je devins chrétienne.
» Mais le tourment d'amour de sa cruelle peine,

» Vint la précipiter au fond de ce caveau
» Que les fortunés blancs nomment le noir tombeau.
» Simaghan déplora la triste destinée
» De celle qui rompait les nœuds de l'hyménée;
» Puis, il employa tout pour charmer mes regrets!
» Et mon cœur méconnut les illustres bienfaits
» De ce suprême chef, dont l'active tendresse
» Soutint mon existence et soigna ma jeunesse! »
« — Quel était ton donc père, ô fille des forêts!
» — Les hommes le nommaient le malheureux Lopez. »

Ciel! Chactas pousse un cri qui fait trembler la terre,
Et se mêle au fracas d'un horrible tonnerre;
S'écriant aussitôt: « Mon épouse, ma sœur!
» O fille de Lopez! fille du bienfaiteur,
» Qui m'avait adopté dans la terre étrangère,
» Quand la mort me priva de mon illustre père!... »

C'était trop pour les cœurs de ces faibles mortels,
Que leur amour s'unît aux penchans fraternels.
Les doux noms répétés et de sœur et de frère,
Attestaient leur amour si pur et si sincère!
Son amant la serrait dans ses bras amoureux,
Au milieu des déserts, en présence des cieux.
Il s'enivrait déjà de ce penchant magique
Dont l'amour enchantait ce séjour magnifique!
O pompe nuptiale! ô célestes grandeurs!
Dignes de leurs amours et de tous leurs malheurs!

Vous, divine espérance en roses couronnée ;
Et vous, pins embrasés en flambeaux d'hyménée ;
Vous fleuves débordés ; vous, rocs audacieux ;
De ses vastes déserts temples harmonieux ;
Vous, superbes forêts, de votre immense dôme,
Ne pouviez-vous cacher le bonheur d'un seul homme ?...

Il allait être uni, ce couple des déserts,
En présence du dieu de ce vaste univers !
Tout-à-coup, un éclair précurseur de la foudre,
Sur un arbre à leurs pieds, tombe, et le met en poudre,
En traçant des sillons de bitume et de feu.
Fuyant épouvantés, ils implorent de Dieu
La puissance éternelle, et dont la main sublime
Vient de les arrêter sur les bords de l'abîme.
Tous les deux à genoux, leurs timides accens
Offrent à l'Eternel leurs vœux reconnaissans ;
O surprise !... on entend le timbre d'une cloche,
Puis l'aboiement d'un chien ; il avance, il approche,
Il se couche à leurs pieds en prolongeant son cri ;
Et d'un religieux il est bientôt suivi.
Le front de ce mortel, tout ridé de vieillesse,
Rayonnait de vertu, d'esprit et de sagesse.
Sa barbe et ses cheveux, trempés de torrens d'eaux,
Son sang qui ruisselait, en attestant ses maux,
Annonçaient de son cœur le vertueux courage :
« Comme ils ont dû souffrir de ce violent orage !

» Dit-il ; ô mes amis ! remercions le ciel,
» Qui vous a protégé de son temple éternel !
» A l'exemple pieux des bons missionnaires
» Retirés au Liban, aux Alpes solitaires,
» Nous avons réuni cette institution,
» De sonner le réveil de notre mission,
» Pendant l'ombre des nuits et l'aspect des tempêtes;
» Alors nous parcourons ces profondes retraites,
» Pour chercher les mortels égarés dans ces lieux?
» En implorant du ciel le secours précieux !
» Ce chien vous a senti ; durant ce grand orage
» C'est lui qui m'a conduit dans ce désert sauvage.
» Mais admirons de Dieu l'illustre majesté,
» Sa divine splendeur et sa grande bonté,
» Qui fut toujours sublime et toujours infinie !
» Prenez cette peau d'ours pour cette jeune amie ;
» J'ai dans ma calebasse encor un peu de vin,
» Profitez, mes amis, de ce secours divin.
» La tempête s'éloigne, et rend à la nature
» Le calme précieux de sa belle structure.
» Ces bois silencieux et ces bocages frais
» Vont donc enfin jouir des douceurs de la paix ! »

La fille du désert, aux pieds du solitaire
Tombe, et levant les mains : « O chef de la prière !
» Daigne me secourir ; je suis Chrétienne aussi,
» Et c'est pour me sauver que Dieu t'envoie ici.

Le

Avec solennité, sur sa tête charmante,
L'homme des anciens jours lève une main tremblante;
L'œil tourné vers les cieux : « O Dieu de l'univers!
» De l'innocence émue éloigne les revers!
» Regarde avec bonté cette brebis plaintive,
» Epand ta douce paix dans son ame craintive....
» Par tes dons bienfaisans embellit l'avenir,
» Qu'il efface les traits d'un triste souvenir! »
Il a dit; Atala verse un torrent de larmes
Qui soulage le poids de ses vives alarmes.

De surprise et d'amour, le sauvage agité,
Contemple du vieillard l'antique dignité!
Sur son front, sillonné par le long cours des âges,
Les passions avaient empreint leurs grands orages;
Mais son calme imposant prouvait que les vertus,
Avaient su triompher de leurs chocs superflus :
« Dis, quel cœur as-tu donc? ô mortel respectable!
» Tu n'as pas craint des cieux la foudre redoutable? »

Le vieillard lui répond : « Combien je serais vil!
» Si j'étais retenu par l'aspect du péril;
» Apprends que de nos jours l'auguste providence,
» En fait des instrumens pour sauver l'innocence.
» — Le génie immortel, ne me fit pas chrétien.
» — Les hommes sont unis par le même lien;
» Tous les infortunés gémissans sur la terre,
» Ont aux secours humains un droit héréditaire.

» De Dieu, mon jeune ami, la suprême bonté!
» Mit aux rangs des vertus la douce charité.
» Elle fit plus encor, sa céleste puissance
» Créa pour les mortels la divine espérance! »

Ce céleste discours, par ses charmes vainqueurs,
D'une flamme subtile électrisa leurs cœurs;
« Allons, dit le vieillard, viens avec ta compagne,
» Ma grotte est située au front de la montagne. »

FIN DU CHANT QUATRIÈME.

ATALA,

POËME.

CHANT CINQUIÈME.

ARGUMENT.

Le solitaire conduit les amans dans sa grotte. — Sacrifice de la messe au milieu des déserts. — Description du village de la Mission.

L'AME de l'homme juste élève constamment,
Les respects de la terre aux pieds du Tout-Puissant;
Et ses vœux aussi purs qu'un rayon de lumière,
De l'espace des airs, perçant la masse entière,
S'élance vers le ciel sur un sillon de feu,
Et correspond sans cesse entre l'homme et son Dieu.
Aux regards des humains, si peu formés pour elle,
La vérité qui fuit sous une ombre éternelle,
Se dévoile à ses yeux, se découvre à son cœur,
Et prête à ses accens un ascendant vainqueur.

Ainsi de ce vieillard la sublime pensée
Porte la douce paix dans leur ame oppressée.
La tempête semblait s'éloigner à sa voix,
Et leur permit enfin de sortir de ces bois.

Le bon chien précédait leur course solitaire;
Les amans ont suivi le vieillard tutélaire
Qui leur avaient voué la plus vive amitié.
Leurs maux et leur jeunesse excitaient sa pitié!

Ils marchaient lentement sur les pas de leurs guides,
Parmi d'étroits sentiers tortueux et humides;
A la faible lueur des astres de la nuit
Ils arrivent enfin dans le simple réduit.

Du bosquet ombrageant la grotte hospitalière,
Un beau magnolia protégeait un doux lière,
Du dôme verdoyant de ses rameaux touffus,
Comme le bon vieillard protégeait les vertus.

Ce champêtre séjour imposant et tranquille,
Offrait à l'innocence un bienfaisant asile;
Son enceinte n'avait aucun de ses lambris,
Que l'homme sans orgueil regarde avec mépris;
Ses trésors admirés de la foule ignorante,
Que le riche soutient d'une main triomphante,
Ne faisaient pas briller cet asile sacré.
Des papayas nattés, un saint Christ révéré,
Près duquel reposait un livre de prière;
Quelques vases de bois, une table de pierre,
Composaient l'ornement de ce simple séjour,
Seul bien que possédait l'homme de l'ancien jour.

Dans ses antiques mains un cailloux étincelle,
Il nourrit d'un bois sec cette flamme nouvelle,

Du nourrissant maïs est pétrit en gâteau,
Et sur l'ardent brasier il le place aussitôt.
De la crême de noix dans un vase d'érable,
Devient l'unique mets de leur frugale table.
L'orage se jetant du côté d'Orient,
Offrait à leurs regards un spectacle imposant :
Tous les bois allumés des feux de l'incendie,
Semblaient livrer aux mers la terre ensevelie,
Avec de longs débris d'arbres et d'animaux,
Qui n'ont pas survécus à ce fatal chaos.
Les torrens débordés s'échappant des montagnes,
Inondaient en fuyant des immenses campagnes;
Quelques muets éclairs ouvraient encor les cieux,
Et de leurs longs sillons resplendissaient ces lieux.

Chactas et Atala, dévoilèrent leurs ames
Au solitaire Aubri. Connaissant les alarmes
De leurs sensibles cœurs livrés aux doux amours,
Il plaignit leurs revers et leur fit ce discours :
« Ayez toujours en Dieu la plus douce espérance!
» Offrez-lui de vos cœurs, la peine, la souffrance...
» Voyez fumer ces bois, dessécher ces torrens,
» Dissiper la tempête et calmer les autans!
» Croyez-vous que celui qui rend la paix aux mondes
» Ne puisse pas calmer quelques douleurs profondes?
» Restez ici ma fille, oubliez vos malheurs,
« Parmi mon doux troupeau vous trouverez des sœurs;

» Et les tendres liens d'une heureuse hyménée,
» Uniront ce jeune homme à votre destinée. »

A ces mots du vieillard si consolans, si doux,
Le sensible Chactas tombe sur ses genoux,
Et ne peut retenir un déluge de larmes;
Mais Atala pâlit et se livre aux alarmes.

Cet homme vertueux en calmant leurs regrets,
Etendait sur le sol des mousses de cyprès,
Où devait reposer l'intéressante amie,
Qui semblait être en proie à la mélancolie.
On voyait dans ses yeux une sombre langueur,
Et des profonds soupirs s'exhalaient de son cœur.
En tournant ses regards vers le missionnaire,
Elle semblait vouloir dévoiler un mystère;
Mais retenue encor par la timidité,
Elle offrait tous ses vœux à la divinité.
Telle une tendre fleur flétrie et desséchée,
Sur un aride sol reste encore penchée.

Le jeune Indien couché près du simple réduit,
Entendit se lever au milieu de la nuit
La fille du désert: Cette faible compagne
Cherchait le bon vieillard de la grande montagne,
Qui contemplait alors les mouvemens divers
Des astres radieux de ce vaste univers.
Mais n'ayant pas trouvé cet homme tutélaire,
Elle fut s'enivrer d'un repos salutaire.

Quelques oiseaux nichés sur des acacias,
Eveillèrent bientôt l'impétueux Chactas.
Il se lève à l'instant, va cueillir une rose,
Sur le front d'Atala doucement la dépose;
Les suaves parfums enfermés dans son sein,
Embaumaient le cristal des larmes du matin;
Son éclat s'unissant aux pavots de Morphée,
Semblait de la beauté devenir le trophée.
Son sommeil prolongé par un songe charmant,
Lui parlait en faveur de son aimable amant;
Cette flexible voix douce et enchanteresse
Répétait les accens de l'aimable tendresse!
Mais soudain la vertu triomphe de l'erreur,
Et vient régner encor dans le sensible cœur
De la belle Atala; l'accueillant d'un sourire,
L'appelle, tend les bras!... et l'amour en soupire.
Respectant son repos, le fils d'Outalissi
S'éloigne lentement; il voit le père Aubri,
Assis sur un grand chêne abattu de vieillesse,
Qui semblait des humains attester la faiblesse.

Le pasteur des humains satisfait de son sort,
Goûtait des plaisirs purs, simples et sans remord;
Du Dieu de l'univers l'esprit et la sagesse,
De ses anciens revers le consolaient sans cesse;
Tandis que du bonheur, compagnes fortunées,
L'espérance et la paix de roses couronnées,

Suivaient de ce mortel les vertus et les pas,
En lui montrant le ciel au-delà du trépas.
Et la religion errante et désolée
Par ses persécuteurs de la France exilée,
Se cachait humblement sur ces bords étrangers,
Et dérobait ses pas sous les toits des bergers;
Mais elle entend sa voix du fond de sa retraite,
Elle quitte le crêpe étendu sur sa tête;
Reprend ses voiles d'or, sa couronne de fleurs;
Reparaît triomphante, et vient sécher ses pleurs.
L'Indien à sa voix reconnait la loi sainte,
Des immenses forêts il en frappe l'enceinte;
Renonce à des excès qu'il commit trop long-tems;
Et s'accuse en secret de ses égaremens.
Son ame, jusqu'alors aride et desséchée,
Sans guide, sans espoir, vers la tombe penchée,
S'égarait dans le vide, où le cœur du méchant
Se dérobe à lui-même et cherche le néant.
Aux accens du vieillard la félicité pure,
Par la religion se prolonge et s'assure;
En donnant aux vertus la garde du bonheur,
Il fixe leur pouvoir, il double sa valeur.
Le solitaire assis sur ce grand tronc antique,
Admirait du désert le réveil magnifique!...
Mais en apercevant le sensible Chactas,
Il se lève à l'instant en lui tendant les bras;
L'embrasse, lui sourit, et sa voix paternelle
Lui montre de son Dieu la puissance éternelle;

Et dans chaque sujet tracé par son pinceau,
D'un rayon lumineux éclaire son tableau.
Puis, lui fait admirer les sublimes ouvrages
Des siècles obscurcis par la rouille des âges ;
Et sait dans un seul trait présenter à ses yeux,
Leur effet, leur distance et leur rapports entr'eux.
Dans ce suprême instant, la sagesse l'éclaire,
Et rend sa piété plus vive et plus sincère.

Pour que Chactas admire enfin sa religion,
Il l'engage d'aller visiter la mission ;
Et pendant le sommeil de leur jeune compagne,
Ils descendent tous deux le long de la montagne.
Le sensible étranger près de son vieux ami,
De ses pas chancelans devient le sûr appui.

L'Indien aperçoit quelques grands caractères
Dessinés sur le tronc des chênes solitaires ;
Il croit que c'est l'Esprit dont le divin pouvoir
Dans ces traits étrangers promet un doux espoir !
Le vieillard : « C'est au sein de ma douleur amère
» Que j'appris aux forêts les divins vers d'Homère. »
O sublime harmonie ! au milieu des déserts,
Entre ce bon vieillard et ces augustes vers !...

Ils passèrent tout près d'une immense vallée,
Dont la fraîche couronne était toujours feuillée ;
Plus loin, ils voient un pont, ouvrage merveilleux
Qui couronne le front de deux rocs orgueilleux !

Les hommes quelquefois imitent la nature;
Mais qu'ils sont encor loin de sa belle structure!
De ses travaux parfaits, beaux et majestueux;
Sur lequel nous courbons nos fronts respectueux!...
Ses chemins, sont des ponts suspendus aux montagnes;
Ses canaux, sont des flots inondant les campagnes;
Ses colonnes, des monts; ses bassins sont les mers;
Et son temple sacré, c'est le vaste univers,
Digne de sa grandeur superbe, magnifique!
Bien au-dessus des tems de notre monde antique.

Ils s'avancent alors vers le dernier séjour
Des mortels moissonnés à la clarté du jour;
L'Indien le nommait : *les fortunés bocages*
De celle dont la faulx moissonne tous les âges.
Ou *le repos sacré de toutes les vertus.*
Il était divisé par des bosquets touffus,
Arrosés d'un ruisseau dont l'onde toujours pure,
Faisait mille détours sans le moindre murmure.
Des sapins élevant leur faîte audacieux,
Ombrageait le parvis du temple spacieux;
Et les troncs nuancés de ces antiques arbres,
Présentait aux regards des colonnes de marbres;
Les innocens oiseaux de leur chant solennel,
Célébraient des humains le repos éternel!

En quittant les détours de ces bocages sombres,
Où les zéphirs semblaient jouer avec les ombres,

Ils portèrent leurs pas dans les rians déserts,
Sous des magnolias, des épais chênes verts,
Des superbes palmiers et d'immenses platanes,
Jusques au bord d'un lac entouré de savanes,
Où s'élevaient les murs de cette mission,
Auguste monument de la religion.
A l'aspect du vieillard, la famille prospère
Vint se jeter aux pieds de son antique père.
Les femmes jusqu'à lui soulèvent leurs enfans;
Les hommes, dans leurs bras le portent triomphans,
L'œil tourné vers les cieux ses lèvres paternelles
Appellent sur ses fils les vertus éternelles.
Les plus grands sentimens, s'armant de son pouvoir,
Par son zèle éloquent savaient les émouvoir.
O combien ces accens étaient remplis de charmes!
En enivrant leurs cœurs, ils embrasaient leurs ames.

Ils arrivent alors près d'une antique croix,
S'élevant sur un roc dominé par un bois.
Au milieu des déserts calmes et solitaires;
Le serviteur de Dieu célébrait ses mystères.
« Mes enfans, leur dit-il, un frère et une sœur
» Sont venus partager votre parfait bonheur.
» Dans l'orage d'hier, l'auguste Providence
» Epargna vos moissons; que la reconnaissance
» Enivre tous vos cœurs de ses dons précieux,
» Et porte vos accens jusqu'au trône des cieux. »

Il dit; revêt bientôt une blanche tunique,
Sort les vases sacrés du tabernacle antique.
L'un, va puiser de l'eau dans un torrent voisin;
L'autre, exprime le jus d'un sauvage raisin;
L'autel est un rocher. Ce divin sacrifice
Remplit tout le désert d'un suprême délice!

L'immense solitude est couverte de l'or,
Dont le vermeil matin vient l'embellir encor;
Les superbes rochers, conquis par la lumière,
Resplendissent l'éclat de toute l'atmosphère;
La glace de ce lac en reflétant les cieux,
S'enrichit du tribut de ces monts orgueilleux,
Dont les flots s'échappant en cascades brillantes,
Roulent avec fracas leurs ondes écumantes;
Des gerbes lumineux et d'opale et d'azur,
Font briller ce cristal si limpide, si pur!
L'astre resplendissant de la voûte éthérée,
Darde un de ses rayons sur l'hostie sacrée
Que le prêtre élevait dans la plaine des airs,
Pour la faire adorer à ces vastes déserts
Qui virent accomplir le suprême mystère.
Quand le peuple Indien s'incline vers la terre;
De son trône éternel Dieu descend dans les cœurs,
Les remplit pour toujours de ses charmes vainqueurs.

Il manquait à Chactas pendant ce sacrifice,
La fille de Lopez pour combler son délice!

Dans ce moment sacré, ce vertueux Indien
Promit de se vouer au beau culte chrétien.

Ensuite, il admira le sein de la nature,
Embellit par les mains de l'utile culture;
Là, c'était des épis qu'on moissonnait encor;
Plus loin, ils agitaient leurs immenses flots d'or;
Les gerbes d'un été remplaçaient les vieux chênes.
Ici, des arpenteurs, avec de longues chaînes,
Mesuraient le désert. L'oiseau cédait son nid,
Et dans d'autres forêts cherchait un sûr abri.
L'antre de l'animal se changeait en cabane;
Les flammes consumaient une épaisse savane;
Les forges, les ciseaux, font gémir les échos,
Qui perdent pour toujours leur antique repos.
Les simples habitans de ces plaines fertiles
Ont trouvé le bonheur loin du trouble des villes.
Que Chactas éprouvait de sentimens nouveaux,
En voyant du bonheur les suprêmes tableaux!
L'imagination, dans sa pensée active,
Lui montra l'union fidèle et primitive
De l'homme et de la terre, unissant leur destin,
Quand pour eux l'avenir est encor incertain.
L'époux lui promettant en ces momens prospères,
Ses immenses travaux, constans et salutaires;
Et l'épouse aussitôt, en lui tendant la main,
S'engagea pour toujours par un tendre lien,

A porter les moissons et les cendres de l'homme :
Dieu signa leur contrat de son auguste dôme.

Dans ce suprême instant, le plus doux de ses vœux
Fut d'unir son destin , par de solides nœuds ,
A la belle Atala ! Cette amante chérie
Aurait paré de fleurs tout le cours de sa vie.
Dans ses bras fortunés, au milieu des déserts,
Il aurait défié tout l'immense univers.

FIN DU CHANT CINQUIÈME.

ATALA,

POËME.

CHANT SIXIÈME.

ARGUMENT.

Chactas et Aubri retournent dans la grotte. — Atala expirante dévoile un secret. — Mort d'Atala. — Départ de Chactas.

Ainsi qu'un faible ormeau battu par un orage,
Qu'un rayon de soleil darde son vert feuillage;
Il relève la tête, espérant que ce jour
Va rendre un calme heureux à ce charmant séjour!
Tout-à-coup dans les airs éclate le tonnerre,
S'abîme sur son tronc et le met en poussière.
Tel le tendre Chactas forme de vains projets,
Espérant de jouir du plus parfait succès....
Son rêve de bonheur fut de courte durée,
Le réveil l'attendait à la grotte sacrée.

Quand il fut près d'entrer dans le simple réduit,
Il arrête sa course, un frisson le saisit;
Son cœur ne battait plus, il respirait à peine,
Son sang était glacé par une horreur soudaine,

Les pins autour de lui murmuraient tristement.
S'adressant au vieillard dans cet affreux moment:
« Toi, que la Providence et le Ciel fortifie,
» Pénètre en ce séjour, et rends-moi mon amie! »

L'homme de paix paraît dans le lieu de douleur;
Chactas reste au dehors accablé de terreur....
De pénibles accens, murmurant une plainte,
De cet asile obscur frappent l'étroite enceinte,
Et font frémir Chactas qui pousse un cri perçant!
S'élance dans la grotte, et vous seul, Dieu puissant,
Savez le triste aspect qui s'offrit à sa vue!...
De douleur et d'effroi la grotte en fut émue.

Où trouver des couleurs pour peindre ce tableau?
Le solitaire allume un funèbre flambeau,
L'élève, en frémissant, d'une main défaillante,
Au-dessus du chevet de l'amante expirante.
Chactas reste immobile, et ses yeux abattus,
Sa bouche demi-close et ses bras étendus
Annoncent de son cœur la déchirante peine.
Le silence a plané sur cette affreuse scène.

Il fut bientôt rompu par les pieux accens
De l'homme vertueux consolant ses enfans:
« Mais ceci ne sera qu'une fièvre accablante;
» Cette sensible amie, est une fleur naissante,
» Dont un soleil brûlant a fané les couleurs;
» La fatigue, les maux, l'excès de ses malheurs

» Se

» Se calmeront bientôt dans cette solitude.
» Le ciel, le juste ciel, voit notre inquiétude ;
» A ses suprêmes lois résignons nos destins,
» Jamais leurs doux bienfaits ne furent incertains. »

Dans le cœur abattu du sensible sauvage,
Ces mots consolateurs réveillent le courage ;
Mais bientôt Atala détruit ce doux espoir,
Et livre son amant à l'affreux désespoir,
En proférant ces mots d'une voix affaiblie :
« Ah ! je touche au grand jour de terminer ma vie ;
» Ecoute ce secret, ô mon fidèle ami !...
S'arrêtant un instant, puis poursuivant ainsi :
» J'ai connu les revers en voyant la lumière !
» Quand je brisais le sein de ma sensible mère,
» Elle promit à Dieu, par un vœu solennel,
» De m'unir pour toujours à la reine du ciel ;
» Et par ce vœu sacré jamais ma destinée
» Ne devait voir briller le flambeau d'hyménée....
» Je n'avais que seize ans quand la cruelle mort
» De sa terrible faulx vint terminer le sort
» De celle à qui je dois le malheur d'être née....
» Me tenant sur son cœur bien tendrement pressée,
» Ma mère me parla dans ces derniers momens,
» De toute la grandeur de mes engagemens....
» Alors je promis tout.... et son essence auguste
» Emporta mes sermens dans l'asile du juste....

» Mais peu de tems après je te vis, ô Chactas!
» Je plaignis tes malheurs!... te sauvai du trépas...
» Et mon cœur... subjugué... par l'amour, la tendresse!...
» Me... fit sentir le poids... de toute ma promesse.»

Elle dit; l'Indien dévoré de regrets,
S'écrie : « Ah! voilà donc les augustes bienfaits
» De la religion que vous m'avez vantée?...
» Périssent votre Dieu, votre pompe sacrée!
» Périssent vos autels et les funestes vœux
» Qui rompent de l'amour les trop fortunés nœux!»

« Tais-toi, blasphémateur! dit le vertueux père;
» Crains d'attirer sur toi la suprême colère!
» Cette fille du ciel défend la vérité,
» Déconcerte l'erreur et l'incrédulité.»

Ces paroles sortant de sa bouche divine,
Sa barbe vénérable en frappant sa poitrine,
Donnent à ce vieillard un ascendant vainqueur,
Qui triomphe aussitôt de ce sensible cœur.
« Mon fils, le ciel, le ciel, l'auguste providence!
» Ont fait une vertu de la douce espérance!...
» Sans elle les mortels, accablés de leurs maux,
» Trouveraient le néant dans la nuit des tombeaux.

» Vous ne savez pas tout! s'écria cette amante,
» Hier.... quand tu pressais ton Atala tremblante...
» Prête à rompre ses vœux...mais subissant son sort...
» Eh bien!... tu ne pressais que le froid de la mort.

» O ciel ! qu'avez-vous fait ?... dit le missionnaire.
» —Un crime ! pour sauver... le repos... de ma mère !
» Achève !... dit Chactas, en frémissant d'effroi.
» —En quittant mon pays... j'emportais avec moi...
» Quoi ? reprit-il alors. Un poison ? dit le père.
» Il déchire !... mon sein... dit la fille étrangère. »

La main du solitaire échappe le flambeau ;
Chactas tombe expirant sur ce fatal tombeau ;
Le vieillard les saisit au milieu des ténèbres,
Les serre dans ses bras sur les voiles funèbres.

« Allons, réveillons-nous, dit l'homme vertueux,
» Profitons des momens qui sont si précieux ! »
Il saisit en tremblant le flambeau funéraire,
L'allume en exhortant et la sœur et le frère.

De tous les végétaux connaissant les secrets,
De leurs sucs précieux il tire des extraits,
Et les offre bientôt à sa mourante amie.
Mais les maux, le poison, avaient miné sa vie ;
Et se réunissaient pour ravir cette fleur,
Qui devait embellir ce désert enchanteur !

De l'auguste vieillard, les soins et la tendresse,
Pour sauver Atala, se ranimaient sans cesse ;
Sa pitié, ses discours et ses pieux travaux
Parvinrent à charmer les horreurs des tombeaux.

Le soir, un froid mortel glaça cette victime,
Du respect filial exemple trop sublime !
« Je ne sens plus... ta main, disait-elle à Chactas ;
» Quand j'entendrai sonner... l'heure... de mon trépas...
» Il faudra... te quitter au printems de ma vie !...
» Penseras-tu toujours... à ta sensible... amie ?... »

Tantôt, s'apercevant de ses torrens de pleurs,
Elle essayait encore à calmer ses douleurs ;
D'autrefois, succombant à ses vives alarmes,
En regardant Chactas elle versait des larmes ;
Mais un mot du vieillard suspendait ses tourmens ;
Tel d'un jour orageux le soir abat les vents.
Alors dans ces instans, cette divine amante
Distraisait son ami de sa douleur présente ;
Et même relevait son courage abattu,
En exhortant son cœur à chérir la vertu.
Sur sa couche de mort sa tendresse attentive
Pour un objet chéri devenait plus active,
Et passait tour-à-tour en suivant son penchant,
Du langage sublime, au langage touchant !
De son cœur éperdu domptant la violence,
Le sauvage accablé garde un morne silence.

La douce charité ranimait les vieux ans
De l'homme vertueux consolant ses enfans ;
Et ses pieux discours dictés par la sagesse,
Consolaient d'Atala les regrets, la tristesse ;

Et la religion adoucissait son sort,
Luttant contre l'amour, la jeunesse et la mort.
Cette fille céleste, électrisé par elle,
Semblait jouir encor d'une grace nouvelle.
Prête à revoir son Dieu, elle élève la voix,
Pour offrir à Chactas cette petite croix
Qui brillait sur son sein : « Porte-la... tendre frère !
» En mémoire de moi...des vertus...de mon...père...
» Adieu... trop cher... ami !... O Dieu !... pardonne-moi...
» Mon...amour...mes...regrets...quand je...retourne à toi !..
» Ma mère... recevez... votre fille... égarée !... »

Le pasteur tend les bras vers la voûte éthérée,
S'écriant : « Il est tems d'appeler le Sauveur ? »
Chactas, tombe à genoux près du lit de sa sœur,
Qui reçoit l'éternel. Cette vierge craintive
Voit tomber le lien qui la tenait captive ;
Et son dernier soupir, quittant ce voile obscur,
Fut attendre Chactas dans le céleste azur.
Les anges descendus vers cette ame si pure,
Reçoivent le tribut promis par la nature ;
L'enlacent de ses fleurs dont leurs fronts sont parés ;
Et célèbrent en chœurs les cantiques sacrés.
Leurs célestes accens frappent la voûte auguste,
Pour annoncer l'aspect de cette ame si juste !
Qu'ils portent en triomphe à la divinité,
Dont la puissante main conduit l'éternité.

Je n'essayerai pas de peindre les alarmes,
Le sombre désespoir et les torrens de larmes,
Exhalés par Chactas. Enfin le bon pasteur
Parvient à triompher de sa grande douleur ;
Et la persuasion, le zèle et l'éloquence,
Pour consoler ses maux semblent d'intelligence.
Mélangeant avec art leurs teintes, leurs couleurs,
Il savait par degrés dissiper les douleurs ;
Joignant à la clarté, la naissance de l'ombre ;
Extraisait un jour pur, des reflets d'un jour sombre;
Et par l'heureux talent égal à ses succès,
D'une trâme légère enchaînant les objets,
Composait le tableau de son pieux langage,
En offrant à son Dieu son humble et pur hommage!

Le soir, ces deux amis tristes, silencieux,
Placèrent d'Atala les restes précieux,
Sur un naissant gazon de simple sensitive ;
Emblême des vertus de l'amante craintive !...
Sa tête découverte et ses pieds et son sein
S'unissaient à l'éclat d'une pièce de lin
Destinée à couvrir les restes du vieux père :
(Il la reçut des mains de sa sensible mère.)
Une rose fanée unie à ses cheveux,
Du malheureux Chactas emportait tous les vœux;
Ses yeux étaient fermés, et sa bouche pâlie
Offraient le doux aspect de la mélancolie ;

Le sommeil de la tombe enchanta la beauté,
En ange radieux de la virginité.
La sensible Phœbé sur son char toujours pâle,
Visita le cercueil de la simple vestale;
Fut conter son chagrin aux rivages des mers,
Aux cîmes des forêts de ces vastes déserts;
Mais cédant son empire à la naissante aurore,
Le vermeil horizon en pourpre se colore,
Pour donner le signal du funeste convoi.
Phœbus, à son aspect tremble et pâlit d'effroi.
Le sensible matin verse de tristes larmes;
Et le tendre Zéphire éprouve des alarmes,
En voyant cette fleur au printems de ses jours,
Ravie aux doux transports des ris et des amours.
Le trépas aurait dû respecter tant de charmes!
Le bon père et Chactas, sentent briser leurs ames,
En voyant du soleil le trop brillant flambeau.
L'Indien, charge enfin ce précieux fardeau;
L'homme des anciens jours précède le sauvage,
Et le mène à pas lents dans le dernier bocage,
Où règne le repos et la fatale mort.

Chactas, en frémissant se résigne à son sort;
Prépare à son amante une couche d'argile;
La place en gémissant dans ce dernier asile,
Où l'inflexible Tems appelle les mortels,
En donnant à leurs maux les repos éternels.

Dans ce moment suprême un effrayant silence
Planait sur le tombeau de la douce innocence.
Quelques muets oiseaux cachés dans les cyprès,
Retenaient les accens de leurs touchans regrets !
Les limpides ruisseaux suspendaient leur murmure,
Et la mélancolie enchaînait la nature.

Retournant au réduit, Chactas dit au pasteur,
Qu'il irait chaque jour au tombeau de sa sœur.

« Ah ! retourne au plutôt vers ta sensible mère,
» Charmer les longs tourmens de sa douleur amère ;
» Pars, ô sensible fils ! en quittant ces déserts,
» Oppose les vertus à tes affreux revers ;
» Que ton cœur toujours pur, offre un sincère hommage
» Au Dieu dont l'univers fut l'éternel ouvrage.
» Sa céleste bonté calmera ton ennui,
» Et ses dons consolans deviendront ton appui. »

A l'heure où chaque jour l'amante de Céphale
Vient conter aux forêts sa douleur matinale,
Et que les doux accens des innocens oiseaux
Se mêlent tendrement au doux bruit des ruisseaux,
Le malheureux Chactas quitte la triste grotte ;
Dit adieu pour toujours à son vertueux hôte,
Et se rend au tombeau pour la dernière fois.

Ah ! comme il fut surpris de trouver une croix

S'élever sur la mort, comme on voit du rivage,
Le grand mât d'un vaisseau survivre à son naufrage.
Sur la couche éternelle il dépose des fleurs,
Qu'il couvre de baisers et de brûlantes pleurs,
S'écriant aussitôt : « O sensible Vestale,
» Vois-tu du haut du ciel ta pompe nuptiale ?
» Mon amante, ma sœur! Ah! victime du sort!...
» Pour prix de ton amour, ton exil et ta mort,
» Je t'abandonne aussi dans la terre étrangère!... »
Il appelle trois fois son ombre bocagère ;
Et ce triste mortel de revers abattu
S'éloigne du tombeau de l'auguste vertu.

FIN DU SIXIÈME ET DERNIER CHANT.

PENSÉES POÉTIQUES.

A L'AMITIÉ.

Amitié ! source auguste et pure
Des charmes les plus précieux !
Présent que nous fit la nature
Pour rendre nos jours gracieux,
Inspire à ma muse attendrie
Des chants, des vers dignes de toi ;
Et que ton céleste génie
M'éclaire et soit un Dieu pour moi.

AUX RUISSEAUX.

IDYLLE.

Heureux ruisseaux, ah! taisez-vous,
Cessez ce trop plaintif murmure ;
Faibles mortels, ce n'est qu'à nous,
A nous plaindre de la nature.

Votre onde coule en liberté,
Entre deux rives fortunées ;
Sans rencontrer l'adversité,
Qui flétrit nos longues années.

Si vous augmentez les appas
De quelques séduisans bocages?
Vos bienfaits ne se perdent pas,
Ils embellissent vos rivages.

La haine et les dissensions,
Ne troublent pas votre onde pure!
Jamais l'erreur des passions,
Ne causeront votre murmure.

En suivant le tendre penchant
De la pente qui vous entraîne,
Vos flots, dans ce moment touchant,
Sont loin des faiblesses humaines.

Vous ne ressentez pas nos maux,
Près de la fin de votre course,
Vous êtes plus forts et plus beaux
Que vous n'étiez à votre source.

Lorsqu'un ruisseau vient s'abîmer
Dans le sein de votre onde pure,
Vous allez ensemble à la mer
Subir la loi de la nature.

LA PENSÉE.

ROMANCE.

SALUT bosquet, site enchanteur,
Ruisseau charmant, ombre paisible;
A votre aspect, mon cœur sensible
Eprouve un sentiment flatteur.
Ces fleurs, cette fraîche rosée,
Semblent consoler mes regrets!
Et je trouve dans vos bosquets,
La primevère et la pensée.

A nos pieds, le tendre gazon
Donna naissance aux violettes;
Et dans ces aimables retraites
De son cœur je reçus le don.
Loin de lui, mon ame oppressée
Vit d'amertume et de soupirs;
Et pour charmer mes souvenirs,
Je cueille la douce pensée.

Toi que je chérirai toujours,
Charmante fleur, brille sans cesse;
Soit le gage de la tendresse,
Et l'emblême de nos amours.

Sur ton cœur qu'elle soit placée,
O mon berger que je chéri!
Ne mêle jamais le souci
Avec la brillante pensée.

HENRI ET NISA.

CONTE.

SUR les bords fortunés où la riche Tamise
Ménage aux voyageurs une aimable surprise,
En leur montrant l'aspect du superbe château,
Où l'art a déployé ce qu'il a de plus beau!
Elle suspend le cours de ses limpides ondes,
Qui baignent de leurs flots les campagnes fécondes,
Dont le site riant entoure Richemon.
Là, Nisa captivait tous les cœurs du canton,
Depuis cet heureux jour qu'aux rives bocagères,
Elle vint se mêler à ces danses légères
Qu'un groupe de beautés sur des gazons naissans,
Cadençait mollement les accords ravissans,
Que les bergers formaient sur leurs pipeaux champêtres;
A l'ombrage douteux qu'offraient les discrets hêtres,
Dont les rameaux touffus recélaient mille oiseaux
Qui chantaient le bonheur de ces charmans coteaux.

Les plus riches bergers lui prouvaient leur tendresse
Par l'offre de leurs mains: «Qu'est-ce que la richesse?

» Leur répondait Nisa, comparée à l'amour
» De mon aimable Henri ? Dans ce charmant séjour
» Eloigné du cahos et du trouble des villes.
» Les rayons de Phœbus doreront nos familles,
» Qui viendront moissonner les présens de Cérès.
» Puis, tous deux chaque soir sous ces bocages frais,
» La paix et le bonheur, nous donneront les charmes
» D'un amour vertueux, sincère et sans alarmes !

» Lorsque le rude hiver, suivit des blancs frimats,
» Chassera le zéphir en de plus doux climats ;
» Retirés sous le toit de notre humble demeure,
» L'amour et le travail auront chacun leur heure !...
» Le bruit de son fléau, joint à ses doux accens,
» Formeront pour mon cœur des accords ravissans.»

Tel était de Nisa le simple et doux langage,
Dont son cœur innocent lui retraçait l'image
De son bonheur futur. Combien de fois Henri
Fit soupirer l'écho de son nom si chéri !
Combien de fois aussi sa bouche peu sincère
Jura d'aimer toujours cette aimable bergère !
Qui scella ses sermens ? Amour, ah ! dis-le moi,
Un parjure peut-il être digne de toi ?

Qu'entends-je ? les échos cachés dans ce bocage,
Me répètent les sons des cloches du village ?
C'est l'inconstant Henri dont le fatal hymen,
Vient d'unir pour toujours son infidèle main

A Cloris, dont l'or seul lui prête quelques charmes.

La plaintive Nisa, versant de tristes larmes,
Depuis ce jour affreux, s'égarait aux hasards,
En fixant sur les flots de languissans regards,
Attestant de son cœur les blessures profondes.
Un jour, qu'elle enviait le calme de ces ondes,
Dont l'humide cristal réfléchissait les cieux,
Découpant des bosquets les contours gracieux,
D'où des groupes de fleurs nuançant le feuillage,
Ombrageait de Nisa l'intéressante image!
Ses pénibles accens en proférant ces mots,
Mêlèrent leurs soupirs aux plaintes des échos.

« Que vois-je?... c'est Nisa, c'est cette infortunée,
» Dont l'affreux désespoir flétrit la destinée....
» Que dis-je! comme moi, victime de l'amour,
» C'est ame en gémissant erre dans ce séjour:
» Oui, comme moi tu fus indignement trahie;
» Et Nisa trouve en toi sa compagne chérie!

» Ombre, ah! je vais vers toi! que ton sein chaste et pur,
» Me presse quelquefois sur sa couche d'azur!
» J'ai banni de mon cœur la céleste espérance;
» Mes jours, comme les tiens, n'ont plus de jouissance;
» Comme toi, j'ai passé des nuits dans les douleurs,
» Le matin me voyait baignée encor de pleurs!

» Adieu charmant séjour, trésor de la nature!
» Henri, va sur mes pas fouler votre verdure;

» Alors

» Alors racontez lui mes accens douloureux!
» Dites-lui que la mort jeta son crèpe affreux
» Sur mes funestes jours... pour comble d'infortune,
» S'il pressait sur son cœur celle dont la fortune
» Remplaça de Nisa l'amour et la vertu?
» Alors sur mon tombeau que son œil abattu,
» Du primevère heureux voit fermer les pétales;
» Que changeant de couleurs les violettes pâles
» Tombent, en lui peignant mes éternels ennuis!

» Nymphe, bientôt nos cœurs vont être réunis;
» Ses flots en confondant nos essences augustes,
» Porteront nos soupirs dans l'asile des justes.

Elle dit: aussitôt se lance dans les flots,
Dont le sein s'entrouvrit pour terminer les maux
De la pauvre Nisa. Cette liquide plaine,
De son sensible cœur enfin tarit la peine.

Lorsqu'au sein de Thétis, Phœbus rend son flambeau,
Les bergers d'alentour viennent sur ce tombeau,
Déplorer de Nisa la triste destinée,
Se retraçant encor sa vie infortunée.
Puis, sur l'if verdoyant ils déposent des fleurs,
Dont la pure innocence en bannit les couleurs:
« Dors en paix, disent-ils, malheureuse bergère,
» L'offrande est comme toi brillante et passagère. »

Lorsque quelques pasteurs font un tendre serment,
Ils attestent depuis ce divin monument.

SONGE.

Je m'enivrais des doux pavots
Que verse le sommeil paisible;
Et dont le charme irrésistible
Ravit l'empreinte de nos maux.
Du haut de la céleste voûte
Descend un songe encor vermeil,
Perfide ennemi du réveil,
Qui trace une nouvelle route
A mon esprit bien agité....
Je pars sur son aile légère,
Et dans ce moment enchanté,
Je traverse la masse entière
Des airs, de la terre et des flots.
L'adroit messager du repos
Me fait franchir une caverne,
Dont l'infernale exhalaison,
Frappe l'oiseau de son poison.
Il me dit : « C'est le noir Averne,
» Où règne l'infernal Pluton,
» Sur les ombres et les ténèbres.
» Parcourons les rives funèbres,
» De l'impétueux Phlégéthon;
» Et sondons des tristes royaumes,
» Peuplés par de légers fantômes,

» Les impénétrables secrets. »
Il dit, et ses pas indiscrets
Traversent l'asile des ombres,
Où brille un crépuscule obscur;
Tel que la nuit brunit l'azur,
En déployant ses voiles sombres,
Sous la voûte de l'univers.

Alors, aux portes des enfers,
J'aperçois la triste vieillesse,
Suivie des affreux revers,
Des noirs soucis, de la faiblesse.
Puis, viennent les regrets amers,
Rongeans l'erreur et l'imprudence;
En livrant aux cœurs des combats,
Dont même le cruel trépas
Fait survivre à notre existence.
La mort, couverte de lambeaux,
Venait de quitter les tombeaux;
La pâleur couvrait son visage,
La terreur, l'angoisse et la rage
Naissaient de ses regards affreux,
Fixés dans l'antre ténébreux.
Près de sa clarté funéraire
Paraissait le sommeil son frère.
Le crime, suivi des remords;
L'indigence, après eux frissonne,
Des conseils que la faim lui donne.
Le meurtre et les sanglans efforts,

Suivaient la cruelle discorde
Ennemie de la concorde,
Et dont les sinistres serpens,
Blessaient l'air de leurs sifflemens.

Plus loin j'aperçois un vieil orme,
Où les songes, fils du sommeil,
Légers ennemi du réveil,
Voltigent sur son tronc énorme
Ombragé par d'épais rameaux,
Dont les feuilles toujours légères
Changent leurs formes passagères,
Qui recèlent mille fléaux.
Géryon, dont la triple forme
S'unit en un seul corps énorme;
L'hydre, sifflant cent aiguillons;
La chimère, aux noirs tourbillons;
Et le quadrupède terrible.
Briarée, au front menaçant;
Près de lui, la Gorgone horrible,
S'est arrêtée en frémissant,
Et de sa chevelure impie
Défie l'avide Harpie.

Bientôt un chemin nous conduit
Au sombre Achéron qui bouillonne,
Avec un effroyable bruit,
Jusqu'au Cocyte qui frissonne,
En recevant ces flots affreux,
Mêlés de bitume, de feux,

Et d'une noire fange immonde.
Caron, est nocher de cette onde :
Sa barbe étalait l'épaisseur
D'un poil mélangeant sa noirceur,
D'une touffe presque blanchie.
Sur son front, son antique vie,
Avait sillonné son grand cours,
Avec de plus profondes rides,
Que ces affreux sillons arides
Qu'ont les mortels des anciens jours.
Mais son éternelle vieillesse
Etait exempte de faiblesse ;
Son œil étincelant de feu,
Annonçait la vigueur d'un dieu !

Tout le long de ces rives sombres,
Des groupes d'innombrables ombres
Erraient sans jouir du repos,
Implorant le vieillard terrible
De leur faire passer les flots ;
Mais ce nautonnier inflexible,
Repoussait leurs tremblantes mains,
Faisant éprouver ses dédains
Au pâtre obscur comme au monarque.
Il n'admet dans sa frêle barque,
Pour repasser aux autres bords,
Que ceux dont les derniers hommages
Ont honorés leurs pâles corps.

Les malheureux sur ces rivages,
Errent pendant cent ans affreux;
Ensuite leur troupe éplorée,
Terminant son sort rigoureux,
Atteint la rive désirée.
Sans cesse le puissant Caron
Noircit encor la vague impure;
Et malgré son affreux murmure,
Il y plonge son aviron.

Sans le secours du dieu barbare,
Mon compagnon d'un vol léger,
Me conduit au bord étranger,
Où s'élève le noir Tartare.

Là, sur le bord fangeux des eaux,
J'aperçois un vaste repaire,
Entouré de plaintifs roseaux,
Qui récèlent l'affreux Cerbère.
Déjà les serpens sont dressés
Au-dessus de sa triple tête;
Mais de ces monstres courroucés,
Nous fuyons l'horrible retraite.
Tout-à-coup, loin de ce séjour,
Que l'homme parcourt sans retour,
J'entends mille voix gémissantes :
« Ce sont les ombres innocentes

» D'un peuple d'enfant dont la mort,
» Ravit aux baisers de leur mère.
» Comme un éclair, le cruel sort
» Leur fit entrevoir la lumière. »

Que mon cœur s'émut à leurs cris !...
Près d'eux sont d'innocens proscrits ;
Là, Minos encore si juste !
Tient l'urne en ses puissantes mains,
Où la sentence des humains
Fait retentir son temple auguste.

Non loin, sont les faibles mortels
Dont la trop pénible carrière,
Pour vaincre ses revers cruels,
Ferma les yeux à la lumière.
Qu'elle désire ce fardeau !
Vains regrets ! son divin flambeau,
Ne doit plus briller à sa vue.
Ailleurs, dans la sombre étendue
De l'immense et plaintif séjour,
Sont les victimes de l'amour,
Dont encor les sensibles ames,
Brûlent des plus subtiles flammes.

Bientôt je franchis les beaux lieux,
Où les guerriers goûtent les charmes,
D'un repos encor glorieux !
Loin du tumulte des alarmes.

J'arrive au séjour odieux,
Enfermé par la main des dieux.
Autour, sont les vagues brûlantes
De l'impétueux Phlégéthon,
Roulant ses ondes turbulentes
Près de l'empire de Pluton.

Vulcain, de son art admirable,
Forgea les métaux les plus durs,
Et fit la porte inébranlable
De ses impénétrables murs.
Le diamant massif s'élance
Jusqu'au trône de Jupiter;
Et son triple rempart de fer
Du ciel affronte la puissance.

Au-devant du seuil infernal,
Paraît Tisiphone sanglante,
Dont la main toujours menaçante,
Frappe l'air de son fouet fatal.
Rhadamante entend les coupables,
Juge les forfaits exécrables,
Qu'alors un stérile remords
Ne peut absoudre aux sombres bords.
Tisiphone, en vengeant les crimes,
Terrible prend ses fouets sanglans;
Fait siffler ses affreux serpens;
Poursuit et frappe ses victimes,

Et lassant enfin ses fureurs,
Appelle ses terribles sœurs :
« Mais fuyons ces lieux de supplices,
» La vertu doit craindre les vices. »
Dit le songe, et loin de ces murs,
Nous foulons des sentiers obscurs.

Au loin de l'onde impétueuse
Que roulait le noir Phlégéthon,
Au pied du palais de Pluton ;
Une ombre encor voluptueuse
S'épanche des bocages frais ;
Et cet asile de la paix
Pourrait offrir à la nature
La plus élégante parure !
Je contemple de ces beaux lieux,
Les globes, les astres sans nombre,
Qui d'un jour pur et demi sombre
Eclairent doucement les cieux.

Dans ces charmantes régions,
Ce peuple sur les fleurs naissantes,
Fait mille luttes innocentes,
A la cadence des doux sons
Que tire le divin Orphée,
Du luth qui frémit sous ses doigts,
Et les doux accens de sa voix,
Qui charmèrent le haut Riphée,
Font retentir ce séjour pur,

Où le dernier soupir du juste
Se dépouillant d'un voile obscur,
Exhale son essence auguste!

Là, s'offre à mes regards surpris
Des scènes douces et champêtres.
Plus loin, des princes, leurs ancêtres,
De gloire encor étant épris,
Forment les scènes de la guerre.
D'autres reposés sur la terre,
Sous des rameaux de myrthes verts,
Se livrent au charme des vers!
Une foule d'êtres sublimes,
Dont les cœurs toujours vertueux,
Devinrent les nobles victimes
De l'asile tumultueux,
S'avance; et son auguste gloire
Vivra toujours dans la mémoire.

De nos arts, les grands inventeurs,
Soutiens de la vie et des mœurs,
Suivent l'admirable musée!
Sous des fléxibles arbrisseaux,
Où les concerts des doux oiseaux
Charment tout le vaste Elysée.
Le Léthé, qui roule ses flots,
En baignant ces riantes rives;
De ses eaux toujours fugitives
Bannit le souvenir des maux.

J'allais m'enivrer de son onde,
Et peut-être oublier le monde !...
Mais le songe, d'un air léger,
Rompt son prestige mensonger.
Le réveil ouvre ma paupière,
Et mes yeux revoient la lumière !

L'AMOUR.

ROMANCE A M. D***.

A chaque instant, mon cœur soupire;
Un mot, un rien me fait rougir.
Lyris est loin, je le désire !
Quand il revient, je veux le fuir.
Son image me suit sans cesse,
Je la vois la nuit et le jour.
Tout me rappelle ma tendresse !
Est-ce là les traits de l'amour ?

Si je dors un aimable songe
M'enivre d'une tendre erreur;
Je m'éveille, et ce doux mensonge
Bannit le repos de mon cœur.
Quand je le vois mon trouble extrême
Pourrait me trahir sans retour.
Ah ! lorsqu'il me dit : Je vous aime !
Ressent-il les traits de l'amour ?

RÉPONSE DE M. D***.

CE Dieu par ses métamorphoses,
Embellit tout d'un pur éclat.
C'est lui qui colore les roses
Avec la pourpre et l'incarnat.
Il donne aux ruisseaux le murmure
Qui nous enchante tour à tour.
Par-tout où sourit la nature,
Reconnais les traits de l'amour.

Les naissans rayons de l'aurore,
Forment son céleste flambeau;
Et quand le jour se décolore,
Il se pare de son bandeau.
Les champs nous peignent son silence,
Les fleurs, son aimable retour;
La verdure, son espérance;
Tout ressent les traits de l'amour.

ENVOI.

DE l'amour gouvernez l'empire;
Ce dieu vous remit son pouvoir.
Pour charmer tout ce qui respire,
Il vous suffit de le vouloir.
Devant vous Hébé perd ses charmes,
Les Sirènes n'ont plus de voix;
Euterpe éprouve des alarmes;
Pâris ferait un autre choix.

A MES VERS.

ODE.

N'ACCORDEZ jamais vos pipeaux,
Pour les livrer à la satire;
Tous les mortels ont des défauts,
Quel droit auriez-vous de le dire?

Ah! préférez le madrigal!
Ce fils heureux de l'innocence
Célèbre l'amour filial
Et l'auguste reconnaissance.

Si le murmure des ruisseaux
Vous dicte une idylle champêtre;
Soyez doux comme les agneaux,
Discrets comme l'ombre d'un hêtre.

Voulez-vous des sensibles cœurs
Chanter l'amour et la constance?
Répétez les sons enchanteurs
De la simple et douce romance.

Si quelques pasteurs innocens
Veulent sur le hauthois flexible,
Défier leurs goûts, leurs talens,
Ecoutez l'églogue paisible.

Lorsque la céleste amitié
Vous inspire une apologie,
Couvrez-la toujours de moitié
Du voile de l'allégorie.

Quand vous chanterez les plaisirs
Que l'on goûte aux champs, à la ville,
Voltigez comme les zéphirs,
Avec l'indiscret vaudeville.

Qu'un sentiment toujours nouveau
Vous prête sa douce influence,
Pour gazouiller le gai rondeau,
Et soupirer la tendre stance.

En invoquant les Immortels,
Devenez doux, humbles, modestes;
A l'ombre incertain des autels,
Prononcez des hymnes célestes.

Si jamais la cruelle mort
Moissonne l'aimable Sylvie,
Nous pourrons déplorer son sort
Dans la sombre et triste élégie.

Epurez vos goûts, vos penchans,
Et livrez-les à l'harmonie
De l'ode et de ses mouvemens,
Dignes d'un plus vaste génie.

Voulez-vous chanter la valeur
D'un peuple armé par la victoire ?
C'est dans le poëme enchanteur,
Que vous célébrerez sa gloire.

Loin de l'objet que je chéri,
Mon ame est toujours oppressée !
Epître, dis à mon ami :
« Toi seul occupes sa pensée. »

APOTHÉOSE DE MAD. DE M***.

QUAND je fus moissonner des fleurs
Sur les rivages d'Hippocrène,
Tout-à-coup des sons enchanteurs
Remplirent cette vaste plaine,
Qui s'étend sur le double mont,
Où des lauriers toujours flexibles
Croissent pour couronner le front
Des auteurs savans et sensibles,
Dont les écrits si séduisans,
Dictés par un divin génie ;
Protégent les divers talens
Qui font le charme de la vie !

Je pénètre au sacré vallon,
Et bientôt un divin cortège
Paraît conduit par Apollon.
Les neuf Sœurs que ce Dieu protège,

Enlaçaient de leurs bras charmans
L'aimable mère de Camille !
Tandis que leurs divins accens
Faisaient retentir cet asile
De l'éloge si mérité
Par l'esprit savant et sublime,
Dont toujours l'amabilité
De cette mortelle s'anime.
Ensuite leurs parfaits accords
Célébrèrent avec transports,
La vertu dont la pure flamme
Enivre sans cesse son ame.
Quand elles dirent la bonté
De son cœur aimant et sensible,
Tout-à-coup l'asile enchanté
Sentit un charme irrésistible !
L'écho soupira tendrement ;
L'oiseau suspendit son ramage ;
L'onde coula plus lentement
Pour écouter le pur hommage
Qu'on rendait à de M . . . lot,
En la menant au sanctuaire,
Que ses pas foulèrent bientôt.
Alors d'une course légère,
Je pénètre au sacré parvis :
(Le mystère, voilà mes ruses ;)
Là, j'aperçus le dieu des Muses
Décerner un auguste prix

A cette savante mortelle,
Reçue au temple d'Hélicon :
« Deviens une Muse nouvelle,
Lui dit le céleste Apollon,
» Accepte cette douce lyre,
» Digne d'accompagner tes chants ;
» Que toujours tes accords touchants
» Fassent retentir mon empire !
» Tes talens seront immortels,
» Et toujours tes nombreux autels
» Parés de nouvelles guirlandes
» En recevront les vraies offrandes. »
Tel parla le dieu des Auteurs.

Pourrais-je offrir les simples fleurs
Que je cueille dans la prairie,
A cette respectable amie ?

RÉPONSE DE MAD. DE M***.

Combien vos accens sont flatteurs,
O ma sensible et jeune amie !
Oui, j'accepte les tendres fleurs
De votre intéressant génie.
Si l'on calculait ses instans,
Ce serait pour en être avare ;
Et votre amabilité rare
Nous fait déjà craindre le tems,
Et les regrets toujours plus grands

Que votre absence nous prépare.
Vos talens et votre candeur,
Votre affable et doux caractère,
Par un charme que rien n'altère,
Attachent l'esprit et le cœur.
Le goût, dont vous êtes la sœur,
Jaloux de briller sur vos traces,
Vous remit le sceptre des Grâces,
Et vous forma pour le bonheur.

AMOURS DE PANCHARIS ET ZOROÉ,

Poème, traduit de RADEL.

Au réveil enchanteur de la timide Aurore,
Je me sens entraîné par un souris de Flore,
Sous les dômes charmans des bosquets de Tempé,
Où l'innocent amour ne fut jamais trompé.
Je te suivrai par-tout, trop aimable Déesse!
Quand même ton époux embrasé de l'ivresse
Que font naître en son cœur tes séduisans appas,
Pour t'en parler encor détournerait tes pas!
Alors je te suivrai dans les bois d'Idalie,
Ou sur les bords charmans de cette Acidalie,
Dont les flots toujours purs arrosent le gazon,
Où des champêtres fleurs étalent leur moisson.
Là, je divulguerai cet aimable mystère,
Que l'hymen à tes yeux dévoila pour te plaire.

Ecoute mes accens, ô belle Pancharis !
Ils sont l'écho des jeux, des amours et des ris.

Toute plante s'émeut, s'agite, et prend naissance,
Quand l'humide chaleur a gonflé sa semence,
Le germe dégagé de ses lobes divers,
Vient puiser l'existence au sein même des airs.
Pompant de nouveaux sucs, la frêle radicule
Facilite et accroît la légère plumule,
Et les cotyledons en lui portant une eau,
La font bientôt jouir d'un suc encor nouveau
Qui porte à l'embrion sa douce nourriture;
Ils se font distinguer par leur tendre verdure.
Toi, que Flore chérit, aimable Pancharis,
De cette jeune pousse, ah! reconnais le prix!
Et prends garde sur-tout, qu'une main meurtrière
N'ôte ce doux espoir à la tige légère;
Car tout son ornement serait prêt à périr.
Que tes soins bienfaisans l'empêchent de mourir.

Sous ce germe naissant la plante étant cachée,
Sur le sein maternel elle se tient cachée;
Et l'abord précieux de tant de sucs nouveaux
Développent bientôt ses fragiles vaisseaux.
Cette douce influence, en augmentant sa force,
L'élève dans les airs et la revêt d'écorce.
Ce feuillage premier se penche, se flétrit,
Et le soufle des vents le sèche et le détruit;

Un autre le remplace, et sa jeune verdure
A donné l'espérance à toute la nature.
La chaleur croît toujours, du tems que la succion
De la faible racine augmente à proportion;
Des fibres en faisceaux à peine à leur naissance,
Viennent donner au tout un peu de consistance.
Tel la couche ligneuse aux douces régions,
Promet le doux aspect des fortunés bourgeons,
Qui doivent déployer un gracieux ombrage.
Au retour du printems un épais mucilage,
Accélère aussitôt la végétation;
Et change quelquefois l'organisation.
Ainsi ce grand travail, par sa source féconde,
Elève dans les airs, sur la terre et sous l'onde,
Des nombreux végétaux, dont l'aspect gracieux
Jette sur la nature un voile précieux!

Quand la racine étend ses longs bras sous la terre;
Que le tronc secondé par cette bonne mère,
A confié les siens au souffle des zéphirs;
L'hymen vient leur offrir de folâtres plaisirs,
Resplendissans l'éclat de sa fraîche parure,
Qui parfume les airs avec sa chevelure;
Et le dieu de Paphos vient soumettre à ses lois
Les bosquets enchanteurs, les vallons et les bois;
Dès que la violette et le doux primevère,
La rose et le muguet, l'épine printanière,
Nuancent le gazon de leurs douces couleurs.

Les champêtres mortels donnent le nom de fleurs,
A ses dons précieux semés sur la verdure
Par la main du printems pour plaire à la nature ;
Mais ses doux ornemens sont des lits de plaisirs,
Où les tendres époux satisfont leurs désirs.
Avant d'épanouir ce temple de délice,
La fleur reste cachée au fond de son calice ;
Qui bientôt écartant ses feuillets importuns,
Parfumant les zéphirs de suaves parfums
Qu'exhale dans les airs la corolle éclatante,
Dont Cloris embellit sa parure inconstante.

Que la nature est belle aux yeux de ses amans,
Quand son sein resplendit tant de groupes naissans
Arrosés du cristal que la céleste voûte,
Pour saluer l'aurore échappe à goutte à goutte!
Mais alors la corolle a d'autres fonctions
A remplir à l'égard des reproductions.
Elle doit épurer la liqueur nouricière,
Afin d'améliorer le doux suc de l'anthère.
En coupant celle-ci l'on double la beauté
Des pétales offrant plus de variété,
Dans l'éclat enchanteur de leurs vives nuances
Dont le nombre conquis toutes nos espérances !
La fleur en déployant la splendeur de son sein,
Déplore la rigueur de son cruel destin,
Qui la prive à jamais des douceurs d'hyménée,
Et seule à ses amours, elle est abandonnée.

Tel est le sort fatal de la rose, l'œillet,
De la belle narcisse et du charmant muguet,
De l'inquiet souci, de l'humble violette,
De la fière tulipe et du pied d'alouette ;
Dont le germe bientôt se dessèche et périt.
Mais ses monstres charmans, en parsèmant le lit
De leur reine immortelle, augmentent la tendresse,
De l'aimable Zéphir, qu'elle chérit sans cesse.

La légère étamine, organe de l'époux,
Est unie à jamais par des liens bien doux,
A son intéressante et sensible pistile !
Divisée en stigmate, et en germe, et en style ;
Cette triple enveloppe, en cachant l'embrion,
Le nourrit jusqu'au jour de sa formation.

Faut-il te dévoiler les soins que la nature
Créa pour nuancer sa verte chevelure ?
Viens, parcourons tous deux les bosquets et les champs ;
Là, nous contemplerons ces filles du printems
Que sa main généreuse en ces lieux a placée ;
Admire tout l'éclat dont la jeune pensée
Augmente la beauté de ses triples couleurs,
C'est que le tendre amour la comble de faveurs,
En embrasant son sein des feux irrésistibles,
Dont ses cinq grands maris sont encor si sensibles !
La gratiole attend que le flambeau d'hymen,
Unisse son stigmate à l'amoureux pollen ;

Toujours à cet époux elle reste fidelle.

Regarde le prodige offert par la nielle,
Lorsque les doux rayons des premiers feux du jour
L'appèlent aux douceurs des charmes de l'amour;
Alors, sur l'étamine admire le pistile
S'étendre, s'élever, balançant chaque style
Auprès de leurs époux, et se pencher vers eux.
Ils se lèvent déjà? comme ils sont glorieux!
De l'éclat procuré par la douce influence
Qui les a pénétrés de sa toute puissance.

Amante de mon cœur! mes accens indiscrets
Viennent de publier les aimables secrets
Qu'offre à l'œil curieux cette monoœcie;
Pénétrons les amours de la dioœcie,
Contenant sur un tronc différentes nations
Dont les sexes divers ont d'autres habitations.
Le fortuné maïs présente ce prodige,
La poudre séminale est au haut de sa tige,
Tandis que le pistil est placé dans le bas;
Mais l'hymen a bientôt réunis leurs appas.
Le saule, le bouleau, soignés par la nature,
Fleurissent sans orner leurs branches de verdure,
Crainte que les Zéphirs de leurs souffles légers,
N'emportent les châtons en des lieux étrangers.

Combien n'y a-t-il pas de sujettes de Flore,
Qui s'ouvrent au moment que la timide aurore

Vient parer l'horizon de cet éclat vermeil,
Ennemi de la nuit, précurseur du soleil;
Jusqu'au moment chéri par les craintives ombres,
Que Phœbé sur les cieux étend ses voiles sombres;
Elles ferment alors le temple de l'amour.
Le délicat pollen reste dans ce séjour,
Exempt du froid cruel dont la subtile atteinte
Ne peut pas pénétrer cette suave encéinte.

Tu t'étonnes déjà, ma simple Pancharis?
Ah! sans ses doux penchans, tous nos bosquets flétris,
Languiraient en voyant leur couronne effeuillée,
Et la nature en pleurs se verrait dépouillée
De ses bocages frais, ses champs et ses vallons,
Qui ne pourraient offrir ni rameaux, ni moissons;
Ainsi dans l'univers l'amour répand la vie.
Dans les climats brûlans de la vaste Arabie,
Quand les mâles datiers sont embellis de fleurs,
Cueillant quelques rameaux, les bons cultivateurs,
Vont bientôt secouer leur féconde poussière,
Sur les rameaux fleuris d'une branche légère,
Qu'offre un femelle tronc. Par ce simple moyen,
Des fruits naissent bientôt de ce fécond hymen.
Si l'amant, séparé par un espace immense,
Ne peut à son amie apporter sa semence,
Alors il la confie au complaisant zéphir,
Qui vole, accompagné d'un folâtre plaisir,

Souffler à la beauté l'innocente caresse
De ce fidèle amant instruit par la tendresse.
Il devient père heureux de fils intéressans,
Qui balancent dans l'air de longs rameaux naissans.

Lorsque le doux printems éveille la nature
En parsemant de fleurs sa nouvelle ceinture,
Dont les douces odeurs s'exhalent dans les airs,
Parfumant les bosquets, les bois et les déserts ;
L'immortelle Thétis, dans ses antres humides
Prend soin d'épanouir quelques hydrocharides.
Ses fleurs brûlant des feux allumés par l'amour,
A l'ombre de la nuit désertent leur séjour,
Et parviennent enfin sur la claire surface
Des flots, dont l'univers s'en entoure avec grâce.
Là, de tendres amans dans ces lieux enchanteurs,
Sont unis par l'amour qui vient unir ces fleurs ;
Ayant soumis leurs cœurs aux lois de l'hyménée,
Elles vont sous les eaux finir leur destinée.

Ainsi, ma Pancharis, les plantes ont leurs maux,
Leurs plaisirs, leur bonheur comme les animaux.
Sujètes de l'amour leurs tendres cœurs soupirent,
Et même leurs rameaux se meuvent et respirent.
Quand l'aimable Phœbus vient dans nos régions,
Lancer le feu sacré de ses brûlans rayons ;
Le principe éthéré dans ces momens circule,
Pénètre les canaux de chaque spiracule ;

Et porte aux verts rameaux un éclat radieux,
Dont la splendeur répand des parfums gracieux
Dans les bocages frais, ornemens des campagnes,
Aux immenses forêts couronnans les montagnes;
Sous les charmans bosquets, où les tendres oiseaux,
Marient leur langage au doux bruit des ruisseaux;
Sur le sol, dans les airs et jusqu'au fond de l'onde,
Dont la ceinture humide embrasse tout le monde.
Tout être qui respire, est par la loi du sort
Condamné de fléchir sous la faulx de la mort.
Les plantes comme nous voient passer la jeunesse,
Et tremblent à l'aspect de la pâle vieillesse.
Ce fléau des humains; il fendille, endurcit
La tige et les rameaux; la moëlle s'amollit
Et meurt en peu de tems; les racines maigrissent,
Dessèchent les vaisseaux; et ces êtres périssent
Exhalant dans les airs des suaves parfums,
Que l'art voudrait fixer dans nos murs importuns.

ÉPITRE DE M. M***.

Vous surpassez tous les appas
De cette nymphe agile,
Dont Apollon suivit les pas
Sans pouvoir la rendre docile.
Vous avez les traits aussi doux
Et la taille aussi belle!

Nous sommes bien à plaindre tous,
Car vous courez comme elle.
De la même légèreté,
Dussiez-vous toujours être sûre?
Que le prix m'en soit présenté,
J'en tente la douce aventure.
L'amour me rendra plus léger,
J'en attends la victoire;
Et si vous devenez laurier,
Je revole à la gloire.

RÉPONSE A M. M***.

Pourquoi voulez-vous moissonner
De Daphné le simple feuillage,
Tandis que vous pouvez glaner
Mille fleurs sur votre passage?
Phœbus respecta les lauriers,
Depuis cette métamorphose;
Comme lui préférez la *Rose*,
A la couronne des guerriers.

LE MATIN.

Au céleste orient paraît la jeune Aurore,
Sa timide rougeur vient l'embellir encore!
Elle augmente, et bientôt le plus splendide éclat
Colore l'horizon d'un brillant incarnat;

Qui conquis à l'instant la divine atmosphère.
Du radieux Phœbus l'éclatante lumière
Vient dorer les coteaux, les monts et les déserts,
Des mondes infinis de ce vaste univers.
Ces gerbes lumineux font des métamorphoses ;
L'or, l'azur, le cristal et la pourpre des roses,
Font naître des moissons d'intéressantes fleurs
Exhalant de leur sein les plus douces odeurs !...

Mais je vois échapper de la céleste voûte
Des globes de cristal qui tombent goutte à goutte
En répandant partout leur magique fraîcheur,
Qui charme à son aspect ce séjour enchanteur.
Zéphir, en voltigeant sur la tendre verdure,
Parfume d'un soupir le sein de la nature.

Alors de toutes parts mille oiseaux à la fois,
Eveillent les échos endormis dans les bois,
Folâtrant tour-à-tour sur le naissant feuillage,
Ils élèvent aux cieux leur innocent hommage.
Leurs jeux et leur chansons redisent chaque jours
Leur naïve alégresse et leurs tendres amours.
Ce limpide ruisseau qui traverse la plaine
Semble suivre à regret la pente qui l'entraîne
Loin de ces frais bosquets et de ces prés fleuris,
Qui charment tour à tour ces rivages chéris !
Et son onde en fuyant exhale un doux murmure
Qui se plaint d'obéir aux lois de la nature.

Un berger précédé de ses joyeux moutons
Egaient les doux échos de ses simples chansons,
Un autre réjouit cette aimable retraite
Des champêtres accords de sa douce musette.
Plus loin, Glycère accourt avec ses jeunes sœurs
Qui mêlent leurs accens aux concerts des pasteurs,
En cueillant le muguet, la douce primevère,
Le bluet, le jasmin, l'épine printanière,
Et le myrte amoureux dont les groupes épars
Voilent la violette et charment leurs regards.
Leurs délicates mains tressent une guirlande
Dont leur mère en ce jour doit recevoir l'offrande.

Le pasteur vertueux, l'antique laboureur,
Dans ce charmant séjour goûtent le vrai bonheur,
Et ce sol fortuné qu'ils rendirent fertile
Leur verse les pavots d'un sommeil bien tranquille.

La gaîté, les plaisirs et les jeux innocens
Ont fixé dans ces lieux un éternel printems.
Les simples habitans de ces rians asiles
Trouvent la douce paix loin du chaos des villes;
Et moi sous ce lilas retraite des zéphirs
Dont l'ombre vacillante appelle les plaisirs,
Que j'aime à respirer sous ce charmant feuillage,
Et du sein d'un beau jour me retracer l'image!...
Ici chaque matin, reprenant mes travaux,
Je viendrais dans ces lieux accorder mes pipeaux.

LE CLAIR DE LUNE.

Un charme précieux, ignoré du vulgaire,
Répand dans ce séjour un calme salutaire.
Le silence enchanteur qui règne autour de moi,
O divine Phœbé! n'émane que de toi;
Mais puisse ton flambeau de sa clarté paisible
Inspirer des accords à ma muse sensible!
Et que les simples vers tracés par mes crayons,
Soient dignes de chanter tes célestes rayons!...

Sur ton orbe enchanteur quand je vois des nuages,
Ainsi, dis-je, les cœurs des mortels les plus sages
Sont souvent accablés par les traits du malheur;
Mais la raison paraît et bannit la douleur:
Telle dans cet instant ta lumière éclatante
A repris la splendeur de sa course imposante,
Qui ramène et conduit un souvenir flatteur
Dont le doux sentiment s'imprime au fond du cœur.

Envain chaque matin l'amante de Céphale
Parfume le cristal que son écharpe exhale,
Et pare l'horizon de ce sublime éclat,
Dont toujours resplendit sa robe d'incarnat.
Mais ta présence encore, ô sensible vestale!
A plus d'attraits pour moi que ta jeune rivale.

Ton aspect ravissant change en pleurs mes soupirs,
Ah! ces pleurs valent mieux que les bruyans plaisirs...
Lorsque sur l'univers, de ses voiles funèbres
La nuit répand au loin les épaisses ténèbres,
Tu parais, et bientôt ton éclatant flambeau
Eclaire d'un jour pur ce magique tableau!

Venez alors, venez, êtres doux et sensibles,
Contempler les reflets de ses ondes paisibles;
Venez, et respirez les suaves odeurs
Que l'art voudrait fixer dans nos murs corrupteurs.
Admirez la clarté de ces astres sans nombres,
Dont l'éclat radieux en triomphant des ombres,
Eclaire les vallons, les monts et les déserts,
Et répand sa splendeur sur l'immense univers.

ÉPITRE A M. P***.

Qui peut, sans un transport extrême,
Lire tes écrits séduisans?
Ecrits où la vérité même
Vient respirer un pur encens!
Ta muse peint en traits de flamme,
Et par un art qui nous séduit,
Dans les travaux de ton esprit
Laisse l'empreinte de ton ame.

Ainsi par le double ascendant
Dont les dieux l'ont favorisée,
En exprimant une pensée
Elle fait naître un sentiment.

LE NOM D'AMOUR.

ROMANCE.

PARTOUT où sourit la nature,
 Je vois l'amour;
J'entends ce ruisseau qui murmure,
 Au nom d'amour.
Le doux Zéphir caresse Flore,
 Au nom d'amour;
La rose toujours se colore,
 Au nom d'amour.

Le berger quitte sa chaumière
 Au nom d'amour,
Il égaie l'écho solitaire
 Du nom d'amour,
Grave sur l'écorce des hêtres
 Le nom d'amour,
Sur ses légers pipeaux champêtres
 Chante l'amour.

Combien

Combien de scènes ravissantes,
Peignent l'amour !
Flore, sur ses traces riantes,
Voit tour-à-tour
Accourir de tendres bergères
Dans ce séjour,
Et couronner de fleurs légères
Le dieu d'amour.

L'oiseau sur le naissant feuillage
Au point du jour,
En folâtrant chante et partage
Le doux amour.
L'onde qui traverse la plaine
Dit tour-à-tour,
Que le doux penchant qui l'entraîne
Est de l'amour.

Mon cœur palpite d'espérance
Au nom d'amour ;
Je vois s'enfuir l'indifférence
Au nom d'amour ;
Mes yeux versent de tristes larmes
Au nom d'amour,
Et ce qui cause mes alarmes
Ah ! c'est l'amour.

Lorsque dans le temple de Gnide
Paraît l'amour,
Et qu'un malin désir le guide
Dans ce séjour;
Ah! fuis ces lieux, sensible Hortense,
Au nom d'amour;
Préfère la douce innocence
Au fol amour.

ACROSTICHE EN BOUTS RIMÉS,

Pour J. L. A***, *au jour de sa Fête.*

Jamais les malheureux n'éprouvent ses refus,
Et ses dons embellis par la délicatesse,
Adoucissent leurs maux, consolent leur tristesse:
Nous chérirons toujours ses divines vertus.

Lyres, accordez-vous pour célébrer sa fête,
Oiseaux, dans vos concerts, chantez la saint Louis,
Unissez-vous plaisirs, venez aimables ris;
Immortelle pensée, ah! couronne sa tête,
Son cœur sera toujours aussi pur que ce lis.

ÉPITRE

A MADEMOISELLE DE S.T N***.

SIMPLE bergère,
Sur la fougère,
En cet instant,
Mirtil t'attend;
Mais le perfide
Désir le guide.

Doux sentimens
Si séduisans !
Délicatesse,
Amour, tendresse,
Sont pour les cœurs
Toujours flatteurs.
Ils les séduisent,
Et les conduisent
Au repentir.
Adieu, plaisir;
Douce espérance
De l'innocence,
Vous n'êtes plus.
Mais les vertus
Irrésistibles
Des cœurs sensibles,

Font le bonheur,
Doux enchanteur.
La modestie,
O mon amie !
Est une fleur
Dont la fraîcheur,
Bien séduisante,
Pare l'amante
D'un pur éclat.
Son incarnat
Orne sa tige,
Et son prestige
Plaira toujours
Aux doux amours.

Cette onde pure,
Par son murmure,
Dit aux échos,
Que tes agneaux
Souvent vont paître
Auprès du hêtre,
Où ton berger
Vint s'engager,
Par la tendresse,
D'aimer sans cesse
Tes traits charmans,
Tes doux accens
Et ton sourire.
Mais le Zéphire,

Dans ce moment,
De ton amant
Tendre et fidèle,
A d'un coup d'aile
Rompu les nœuds
Si gracieux!

Ici Glycère,
Ton cœur sincère
Viendra gémir,
D'un souvenir.

A L'HIVER.

O toi! dont les rigueurs désolent la nature,
Reviens dans ces climats, hiver, je t'en conjure!
Du séjour de C...., trouble l'heureuse paix;
Et que tes blancs frimas ravissent ses attraits.
Que tes cruels autans, tes vents et tes orages,
Cueillent les simples fleurs, moissonnent les feuillages,
Détruisent les bosquets, glacent les doux ruisseaux,
Suspendent les concerts des innocens oiseaux.
Que ton désordre affreux rende enfin mon amie
A mes vœux, à mon cœur, à mon ame attendrie!

COUPLETS.

Fuyez de nos sensibles cœurs,
Affreux soupçons de l'inconstance,
Et toi, céleste confiance,
De tes bienfaits sèchent nos pleurs.
Bonheur d'aimer, trop douce ivresse,
Je m'abandonne, sans retour,
Au penchant d'un sincère amour
Que mon cœur chérira sans cesse.

O vous, qui recevez nos vœux,
Amour, vertu, douce espérance!
En faveur de notre constance,
Ah! daignez resserrer nos nœuds;
Et toi, que j'aime avec ivresse,
Daphnis, reçois en ce beau jour,
Sur l'autel sacré de l'amour,
Le serment de t'aimer sans cesse.

A L'ESPÉRANCE.

ODE.

Descends du haut du ciel, ô divine espérance!
Viens enivrer mon cœur de ta douce présence,
Eloigne ma tristesse et charme mon ennui,
Sois ma consolatrice et deviens mon appui.

Il n'est point parmi nous de félicité pure
Que ta présence encor ne prolonge et n'assure;
Ah! sans toi, les mortels accablés de leurs maux
Trouveraient le néant dans la nuit des tombeaux.

Quand le poids du malheur a frappé l'innocence,
Qu'elle est abandonnée, errante et sans défense,
Ta consolante main vient essuyer ses pleurs,
Et placer sur son front des guirlandes de fleurs.

Heureux l'homme de bien que ton espoir éclaire!
Il rend sa piété plus vive et plus sincère,
Et la vertu qu'il aime a pour lui plus d'appás
Quand tu tiens le flambeau qui doit guider ses pas.

Ses célestes rayons frappant la voûte auguste
S'élèvent vers les cieux avec l'ame du juste!
Même ses doux bienfaits consolent tour-à-tour
Et les maux de l'absence et les maux de l'amour.

Tu souris quelquefois à la sensible amante;
Elle te voit, t'entend, et ta voix consolante,
Telle que la rosée en tombant sur les fleurs,
Soutient leur frêle tige et triple leurs couleurs.

De même ton aspect, en enivrant son ame,
Epure de l'amour la trop subtile flamme,
Et donne à ses vertus la garde du bonheur
Pour fixer son pouvoir et doubler sa valeur.

L'AMOUR ET LA VIOLETTE.

FABLE.

Un jour près d'un bois solitaire,
L'amour, dans un doux abandon,
Goûtait le repos salutaire
Que lui prodiguait le gazon.
Il foule la tendre verdure
Croissant aux bords d'un clair ruisseau,
Ce simple enfant de la nature
Etait aussi pur que cette eau,
Qui naît des larmes que l'Aurore
Epand sur le doux sein de Flore.
La solitude et la fraîcheur
Régnaient dans ce champêtre asile,
Et là, dans ce séjour tranquille,
L'amour triompha d'une erreur.

En peu d'instans il voit éclore
Des fleurs qui naissent sous ses pas :
La rose aussitôt se colore ;
L'œillet, le myrthe et le lilas
Se groupent avec la laurelle.
Le lis attire ses regards ;
Alors il voit de toutes parts
La primevère et l'immortelle,

La marguerite et le bluet ;
Puis quelques touffes de muguet,
Ombragent la gaude odorante ;
Le beau narcisse se présente
Auprès de l'amour enchanté,
Qui respire avec volupté
Les odeurs que ces fleurs naissantes
Exhalent dans ces lieux déserts.
Zéphir sur ses traces riantes,
D'un souffle en parfume les airs.

Le rosier élève sa tête
Avec un air majestueux ;
A son pied croît la violette
Emblême des cœurs vertueux.
L'amour, qui chérit le mystère,
A son aspect fut enchanté,
La cueillit avec volupté,
Et fut au temple de Cythère
En parer la divinité.

La vertu fut favorisée
Par le folâtre dieu d'amour ;
Alors dans ce charmant séjour
Flore vit naître la pensée.

MES DÉSIRS.

LOIN de ces groupes, de ces marbres
Aussi froids que leurs possesseurs,
Que ne puis-je cueillir des fleurs
Au pied de ces antiques arbres !
Et là, dans ce charmant séjour
Chéri de l'ombre et du mystère,
Avec l'ami qui sait me plaire
Elever un temple à l'amour.
Alors le flambeau d'hyménée
S'allumerait pour nous unir,
Et notre heureuse destinée
Ne craindrait pas le repentir.
Puis sous cet ombrage paisible,
Ce ruisseau pur, ces frais berceaux,
Notre muse toujours sensible,
Ferait soupirer nos pipeaux.

ROMANCE.

OUI, j'ai juré sur l'autel de l'amour
Par ce ruisseau, ces fleurs, cette verdure,
D'aimer Mirtil, et depuis ce beau jour
Je chéris toute la nature.

Mais j'aperçois le papillon léger,
De fleurs en fleurs qui voltige sans cesse ;
Ainsi que lui tout amant peut changer ;
D'aimer c'est donc une faiblesse ?

L'amour me dit : « Entends-tu ce ruisseau ?
» Comme il gémit d'abandonner ses rives ;
» Ce doux gazon et ce charmant berceau
» Qu'émoient ces ondes fugitives.

» Admire aussi l'auguste éclat des fleurs !
» De leurs parfums l'agréable influence ;
» Chaque printems leur rendant leurs couleurs,
» Disent : chérissez la constance ! »

LES MUSES.

POLYMNIE préside à la douce éloquence,
Therpsicore à ses pas donne de l'élégance,
Uranie connaît les mouvemens divers
Des astres radieux de l'immense univers,
Et sous le masque heureux de l'aimable folie,
Nous sommes corrigés par la douce Thalie.
Melpomène, en s'armant d'un funeste poignard,
Exhale la fureur peinte dans son regard ;
Formant de doux accords sur l'antique cythare,
A de charmans concerts Euterpe se prépare.

Calliope, Erato célèbrent dans leurs chants
Les sublimes auteurs et les heureux talens ;
Clio grave sans cesse, au temple de mémoire,
Des illustres héros l'intéressante histoire.

A M. P***.

Vos vers pleins de délicatesse,
Libres enfans de vos loisirs,
Sont dédiés à la tendresse
Et cadencés par les plaisirs.

Votre noble et douce éloquence
Entraîne et charme tous les cœurs,
Vous obtenez pour récompense
Autant d'amis que de lecteurs.

Inscrit au temple de mémoire,
Phœbus vous en donna le prix,
Et vous fait partager la gloire
De ses plus dignes favoris !

Avec les plus rares génies,
Guidés par l'aimable Apollon,
Cueillez les guirlandes fleuries
Qui croissent au sacré vallon.

LES FLEURS.

IDYLLE.

O vous, charmantes fleurs! honneur de ce parterre!
Amantes de Zéphir, filles du doux printems,
Vous m'offrez le tableau des divers sentimens,
Qui chassent de nos cœurs la raison salutaire.
Sujettes de l'amour, il vous donne des lois,
Et nous obéissons à sa suprême voix.
Vous avez parmi vous de belles tubéreuses,
N'avons nous pas aussi des beautés orgueilleuses?
L'intéressant rosier voit flétrir ses appas
Avant d'être frappé par la main du trépas;
La rose en s'effeuillant ne laisse que l'épine,
La beauté qui s'enfuit donne une humeur chagrine.
Mais l'aimable vertu, qu'embellit les talens,
Est sûre de jouir des succès plus brillans!
Tels que les doux parfums de cette violette,
Ils la font rechercher dans son humble retraite.

A MAD. DE M***.

POUR LE JOUR DE SA FÊTE.

IMPROMPTU.

Maints auteurs ont chanté la gloire
De nos plus illustres guerriers,
Ils ont honoré leur victoire
En les couronnant de lauriers.
Mais comment célébrer la fète
De la vertu, de la candeur ?
Amitié, sois mon interprête,
Dis tout ce que ressent mon cœur.

SONGE.

Cette nuit la folle chimère,
Suivie de songes divers,
Parcourant le vaste univers,
Suspendit sa course légère
Pour me bercer d'aimables songes
Dans les bras de l'illusion,
Et repaître d'heureux mensonges
Ma vive imagination.

L'amitié, par un doux sourire,
Détourna les traits rigoureux
Du sort trop constant à me nuire,
Et de son charme précieux
Vint embellir ma solitude;
Avec des folâtres plaisirs,
Exempt de soin, d'inquiétude,
Ils m'offrent de tendres loisirs.
Dans ce moment doux et suprême
Leurs jeux toujours intéressans
M'inspirèrent quelques accens
Pour chanter l'amie que j'aime!

Je célèbre ses doux écrits
Chéris des filles de mémoire,
Et qui partagèrent la gloire
De leurs plus dignes favoris.
Son cœur nous peignant la morale,
L'humanité, l'amour du bien;
Tel au matin le lis exhale
Les parfums qu'enfermait son sein.
Les tendres accords de sa lyre
Si délicats et si touchans!
Sa gaîté, son charmant sourire,
Ses traits naïfs et séduisans,
Sa voix, sa sublime éloquence,
Ses accens si tendres, si doux!
Son cœur formé par l'innocence
Lui donnant les plus simples goûts;

Enfin le céleste génie,
Qui la forma pour le bonheur.
Je m'éveille et mon Olympie
S'enfuit avec ma douce erreur.

L'ABSENCE.

ROMANCE.

Ruisseau, ton onde fugitive
Ne réfléchit plus que mes traits;
Saules, plantés sur cette rive,
Soyez témoins de mes regrets.
Oiseaux, qui gazouillez sans cesse,
Zéphir, nayade, échos chéris,
Pour charmer ma sombre tristesse,
Répétez le nom de Lyris.

En vain sur l'aimable verdure
Flore, le printems et l'amour
Viennent embellir la nature
Et parfumer ce beau séjour.
Mais quand le cœur gémit sans cesse,
En vain les bosquets sont fleuris,
Oui, tout augmente ma tristesse
Jusques au nom de mon Lyris.

Perdrais-je

Perdrais-je jusqu'à l'espérance
De revoir l'objet de mes vœux?
Alors la froide indifférence
Me serait un bienfait des dieux!
Doux souvenir, amour, tendresse,
Ah! resserrez nos nœuds chéris,
Consolez-moi de ma tristesse
En attendant mon cher Lyris.

IMPROMPTU EN BOUTS RIMÉS.

A L'AMITIÉ.

O céleste amitié! présent des immortels,
De tes divins bienfaits viens enivrer nos ames,
Epure de nos cœurs les trop subtiles flammes,
Alors de tendres fleurs j'ornerai tes autels.

Laisse-nous pour toujours dans ton aimable empire
Jouir de tes faveurs qui charment tous les dieux,
Et que tes doux accens, ton aimable sourire
Nous comblent à jamais de leurs dons précieux!

ÉPITRE A CONSTANCE B***.

Lorsque sur l'horizon vermeil
Paraît la diligente Aurore,
Tu souris, et le doux réveil
Te fait cueillir les dons de Flore.

Aussi cruelle que la mort
Qui, sans pitié pour l'innocence,
Ravit sa fragile existence,
Ainsi tu termines leur sort.

Admire la fraîcheur magique,
L'azur et le vif incarnat
De ses fleurs, dont le pur éclat
Offre un appareil magnifique !
Elles consolent les malheurs
De la déesse matinale ;
Car leurs seins recueillent les pleurs
De cette amante de Céphale.
Elles ressentent de l'amour
Les traits et les brûlantes flammes ;
Il les enivrent tour-à-tour
De ses faveurs et de ses charmes.

Déjà j'aperçois un souris
Naître de tes aimables doutes ;
Eh bien ! sous tes pas embellis,
Je vais retracer d'autres routes.

Les graines sont les œufs des fleurs,
Contenant en miniature
Leurs rameaux chargés de verdure,
Leurs nuances et leurs couleurs.
Phœbus, en réchauffant la terre
De ses rayons doux, amoureux,

Fait germer ses fils précieux
Confiés à la bonne mère.
Alors ils poussent des vaisseaux
Qui sont leurs racines naissantes ;
Puis quelques flexibles rameaux,
Ainsi naissent toutes les plantes.
Les douces larmes du matin
Rafraîchissent leur tendre sein ;
Les sucs que leurs portent la pluie
Alimentent leur frêle vie.

Bientôt paraît quelques boutons
Entourés de tendres calices,
Et Flore admire avec délices !
L'espérance de ses moissons.
Mais les corolles fortunées
Ecartent les tendres feuillets,
Et viennent parer nos bosquets
De leurs pétales colorées.

Alors de leurs charmans contours,
Voit comme ses beautés divines,
Protègent les tendres amours
Du pistil et des étamines.
L'amitié du temple d'hymen
Occupe le doux sanctuaire,
L'époux, par un léger lien,
Soutient ses enfans et leur mère.

Mes yeux ont vu l'heureux penchant
De leur tendre jeu caressant;
Les doux regards de ce bon père
Enivrés d'un sort si prospère!

Souvent le sommeil enchanteur,
Par des illusions chéries,
Offre à leurs douces rêveries
La douce image du bonheur.

Maintenant, aimable Constance!
Laisse les filles du printems,
Sur le berceau de leurs enfans,
Finir leur sensible existence.

L'AMOUR.

IDYLLE.

L'AMOUR, accompagné des grâces et des ris,
De l'aimable printems, des jeux toujours chéris,
Déserta Cythérée et parut sur la terre
En versant le bonheur sur la nature entière.
D'une flamme divine il anima les corps,
Et du vaste univers fit mouvoir les ressorts.
Le monde tressaillit; et la terre étonnée
Par mille dons heureux devint plus fortunée.

Le soleil, resplendit tous les astres divers;
Fit sillonner les eaux en réchauffant les airs,
Et tira le rideau qui couvrait la nature.

L'amour et le printems, sur la tendre verdure,
De leurs prodigues mains épanchèrent des fleurs,
Peignirent leur corolle en diverses couleurs,
Dont l'aimable pistil, les tendres étamines
Que l'amour embrasa de ses flammes divines,
Voilent le doux penchant de leur tendre plaisir.
L'anthère, quelquefois sur l'aîle du Zéphir,
Transporte en d'autres lieux sa poussière féconde,
Cette ame universelle et cet esprit du monde.
L'immortel souriant à leurs douces odeurs
D'un souffle en parfuma les bosquets enchanteurs!
Où de joyeux oiseaux viennent par intervalles
Soupirer mollement leurs chansons matinales.
Les simples laboureurs délaissant leurs travaux,
Accourent sous leurs dais oublier tous leurs maux.

Le muguet odorant, la simple violette,
Dans cet asile heureux choisirent leur retraite,
Le myrte y balança ses rameaux toujours verts,
Dont les charmans parfums embaumèrent les airs.
Que d'àrbustes nouveaux, à la rose divine
(Simple comme l'amour, n'avait aucune épine,)
Enlaçaient mollement leurs rameaux ondoyans,
Confiant leurs rameaux aux caprices des vents!

Dans les légers contours de leur tige arrondie,
Les grâces ont laissé leur empreinte chérie,
Unissant avec art leurs brillantes couleurs,
Où l'aurore répand le cristal de ses pleurs,
Et leur sein exhalant cette fraîcheur magique,
Offrit à l'univers son aspect magnifique !
Du bienfaisant amour, le charme précieux
Apprit aux doux ruisseaux à refletter les cieux.
Leurs flots en vacillant découpent la verdure;
En quittant ce séjour font un tendre murmure,
Dont le bruissement anime les échos,
Et se mêle aux concerts des innocens oiseaux
Folâtrant tour-à-tour sur le naissant feuillage.

La bergère ingénue admira son image,
Que l'onde en frémissant mêlait au tendre azur,
Emblême des vertus dont son cœur est si pur!
Bientôt le feu divin l'embrasa de sa flamme,
Un trouble séducteur vint enivrer son ame,
Et son cœur soupira. Délaissant ses moutons
Daphnis vint sur ces bords répéter ses chansons.
Il aperçoit Cloris sous ces voûtes champêtres,
Son cœur en tressaillit, et sa main sur les hêtres
Traça discrètement leurs deux noms commencés;
L'art en a fait depuis des chiffres enlacés.
Il moissonne des fleurs, en tresse une guirlande,
Et Cloris et l'amour en reçurent l'offrande.

BALLADE A M. B***.

TENDRES sermens, d'amour douce liesse,
D'aimer toujours, tendres engagemens;
Las! ils ne sont que ruse de tendresse
Dont sont armés les cauteleux amans.
Comme zéphir effeuille fleurs légères,
Leur doux parler fait éclore les cœurs
Doux et naïfs des sensibles bergères,
Puis ils leur font verser d'amères pleurs.

Des pastourelles, la sincère liesse
Vint s'engager par trop naïfs sermens;
Vertueux cœurs bien sûrs d'aimer sans cesse
Avec amour font accords séduisans!
Des faux amis les flammes passagères
Brillent plus loin pour flétrir d'autres cœurs;
Leurs trahisons font gémir les bergères
Qui jour et nuit versent d'amères pleurs.

Preux chevaliers, aimant douce liesse;
Tant longs liens vertueux et constans;
Las! ne sont plus. Valeur chevaleresse
N'anime plus nos cauteleux amans.
Du bel amour se moquent des mystères,
Ne croyent pas que blessent tendres cœurs!
Leurs faux soupirs trompent simples bergères,
Puis ils leur font verser d'amères pleurs.

ENVOI.

Aimerai bien d'amour douce liesse !
Si peut trouver savoir, bonté, simplesse ;
Las ! ne sont plus dans leurs perfides cœurs.
Les amoureux en sentimens diffères,
Trompent toujours d'innocentes bergères,
Puis ils leurs font verser d'amères pleurs.

L'AMOUR ET LE MYSTÈRE.

CONTE.

Loin de Paphos, Idalie et Cythère,
Le jeune amour le front ceint d'un bandeau
Vint apporter dans un bois solitaire,
Ses traits dorés et son divin flambeau.

C'était un caprice volage
Qui le guidait dans ce séjour,
Dont le voluptueux ombrage
Etait bien digne de l'amour !

Pour le punir, l'aimable Cythérée
Fit venir la tempête à la plaine éthérée,
Et le maître des dieux sur le trône des airs
Fit gronder son tonnerre et lança ses éclairs.
La terre retentit, de nouveau les cieux grondent ;
Et des monts ébranlés les échos leurs répondent.

L'immortel effrayé de cet affreux chaos,
Sous un myrte touffu pousse de longs sanglots.
Ses yeux aux torrens d'eau mêlent de tristes larmes;
Et ses profonds soupirs expriment les alarmes
De son sensible cœur en proie à l'abandon.

Bientôt sur le naissant gazon
Le mystère s'offre à sa vue,
Entouré d'un voile de nue.
L'amour l'aborde en souriant;
Son front innocent se colore
De cet incarnat dont l'Aurore
Chaque matin peint l'orient.

« Cher ami, lui dit-il, trésor de l'innocence,
» Hélas! oui, c'en est fait, je n'ai plus de puissance.
» Mon flambeau s'est éteint, mon arc n'a plus de traits;
» Les belles maintenant sûres de leurs attraits
» Méconnaîtront mes lois! Qu'avez-vous fait ma mère?...»

« Connais mieux ton pouvoir, lui répond le mystère,
» Viens triompher encor du cœur de la beauté.»

Il dit; prend dans ses bras la jeune déité,
La porte doucement dans un réduit champêtre,
Qu'un printems dans ces lieux lui-même avait fait naître.
Là, Daphné soupirait en moisonnant des fleurs,
Et ses yeux échappaient quelques brûlantes pleurs:

« Je vois l'amour dans toute la nature,
» Il est par-tout excepté dans mon cœur;
» Ce doux ruisseau par son tendre murmure,
» Atteste son charme vainqueur.

» L'oiseau, sous ce naissant feuillage,
» Tendre et folâtre tour-à-tour;
» En ce moment chante et partage
» Les jeux, les plaisirs et l'amour.

» Mon cœur palpite, et dans mon ame
» Je sens une subtile flamme
» Qui brûle et pénètre mes sens!... »

Tel était de Daphné le simple et doux langage
Dont l'amour dictait les accens;
Le bruissement du feuillage
Annonce l'aspect de Lyris,
Qui se présente aux yeux surpris
De l'intéressante bergère.

L'amour d'un trait cruel arme aussitôt sa main,
Le lance sur Lyris et le plonge en son sein.

Alors l'intéressant mystère
Les unit par d'aimables nœuds,
Et l'amour les rendit heureux
Par une tendresse éternelle.

La mort seule les sépara,
Et leur penchant tendre et fidèle
Aux amans un jour servira
Ou de reproche, ou de modèle.

A M. D***.

O vous, dont le goût pour l'étude,
Pour les arts et la liberté,
Vous fait chérir la solitude;
Respirez sans inquiétude
L'air pur de ce bord enchanté.
L'ennui, sous ce berceau paisible,
Ne vient point y troubler le cœur;
Dans ces lieux tout homme sensible
Bannit tout souvenir pénible
Pour peindre et sentir le bonheur.

AU MYRTE.

IDYLLE.

PAR MADAME DE M***.

Toi, dont les rameaux toujours verts
Ceignent le front de ma Julie;
Myrte, chéri des nymphes d'Idalie,
Sois aujourd'hui le sujet de mes vers.

En tout tems ta tige légère
Exhale un parfum précieux !
Toujours cette jeune bergère
Nous captive et nous plaît par ses goûts vertueux.
Tu fais l'ornement d'un parterre,
Par elle un cercle s'embellit.
Jamais l'hiver ne te flétrit ;
Dans sa vieillesse encor elle saura nous plaire
Par sa douceur et son esprit.
Si le frais zéphir te caresse,
N'a-t-elle pas même destin,
Lorsqu'un baiser de la tendresse
Efleure doucement les roses de son teint ?
On ne voit pas à ton feuillage
De vils insectes s'attacher ;
Julie, à la beauté sait joindre une ame sage,
Où le vice jamais ne saura se cacher.

Cependant une différence
Entre vous deux existera toujours ;
Toi, tu sers d'asile aux amours,
Et son cœur ingénu n'en sert qu'à l'innocence.

LE JASMIN.

ARBUSTE des bergers, retraite des zéphirs,
Toi, dont l'ombre riante appelle les plaisirs ;
Jasmin, dont le printems compose sa guirlande,
Que souvent l'amour donne et reçoit pour offrande.

Les Grâces, autrefois se parant de tes fleurs,
D'un souffle ont parfumé tes bosquets enchanteurs!
Sous tes légers rameaux, l'oiseau par intervalle
Soupire mollement sa chanson matinale,
Tandis que le pasteur s'empresse à te cueillir
Pour plaire à ton amante et non pour l'embellir.
Que j'aime à respirer sous ton charmant feuillage,
Et du sein d'un beau jour me retracer l'image!
Lorsqu'assise à ton pied, sur le gazon naissant,
Ton ombre sur ma tête et s'incline et s'étend.

LA VIE CHAMPÊTRE.

Sous ces ombrages solitaires,
Qu'un ruisseau pur fait reverdir,
Et dont le souffle du zéphir
Agite les feuilles légères.
Que ne puis-je au gré de mes vœux,
Chaque jour accorder ma lyre,
Et des oiseaux que l'ombre attire,
Ecouter les chants gracieux!...

Tout me rappelle la nature
Dans ces asiles enchanteurs!
Et la vie y coule aussi pure
Que les ondes parmi les fleurs.

Au pied de ces antiques saules,
Mon cœur de tous soins dégagé;
Par des bienséances frivoles,
N'est ni contraint, ni partagé.
J'y viens chercher, j'y viens reprendre
Ce charme si doux à goûter!
Que le monde peut nous ôter,
Mais qu'il ne peut jamais nous rendre.

Les jeux, les plaisirs innocens
Semblent ici d'intelligence
Pour égayer l'heureux silence
Qui règne dans ces lieux charmans.
L'esprit y produit la pensée
Sans employer de vains efforts;
Comme l'Aurore sur ces bords
Epand la nouvelle rosée.
D'un espoir cher et consolant
L'ame se berce avec délices!
L'ombre et la fraîcheur sont propices
Aux doux rêves du sentiment.

O vous, la plus belle parure
De nos aspects, de nos lointains,
Arbres charmans dont la verdure
Fait l'ornement de nos jardins!
Sans vous la terre dépouillée,
Languissant dans un deuil profond,
Verrait sa couronne effeuillée
Se flétrir sur son vaste front.

De nos sources, de nos fontaines
Jaillirait un cristal brûlant,
Qui loin de ranimer nos plaines
Fanerait le gazon naissant,
Et la fleur bientôt desséchée
Manquant de vie et de fraîcheur,
Sur sa faible tige penchée
N'aurait ni parfum, ni couleur.
Sans vous nos arides campagnes
N'offriraient ni fruits, ni moissons;
Vous êtes l'orgueil des montagnes
Et la richesse des vallons.

Libres enfans de la nature
Sans art disposés dans nos champs,
Elle soigna votre parure
Et vous rendis indépendans.
Vous fûtes son premier ouvrage,
Sa main accorda vos bienfaits
A l'homme errant dans les forêts,
Encor naissant, faible et sauvage.
Celui qui n'aurait jamais vu
Vos fruits, vos fleurs et vos feuillages;
Frappé, surpris, presqu'éperdu,
Vous prodiguerait ses hommages!
Il croirait qu'au dieu des hameaux,
Prêtant votre forme légère,
Une ame active et tutélaire
Se cache parmi vos rameaux.

Ami de l'ombre bienfaisante,
Il soignerait l'arbre chéri,
Qui garantirait du midi,
Sa demeure simple et riante.
La Dryade, avec sûreté,
Habiterait sous votre écorce,
Sans que la ruse, ni la force
Puisse atteindre à sa liberté.

C'est ici que l'homme champêtre
Attend dans un doux abandon,
Les présens que chaque saison,
Fait tour-à-tour croître et renaître.
Ses goûts, ses plaisirs, sans remords,
N'ont point l'amertume des nôtres.
Content de lui, content des autres,
Il ne se plaint jamais du sort.
Calme, comme sa solitude,
La paix règne au fond de son cœur;
Sa vie est sans inquiétude,
Et rien ne trouble son bonheur.

Lorsque son être enfin succombe,
Ses vertus nous parlent de lui!...
Ah! le sage qui meurt ainsi,
N'a que le sommeil de la tombe,
Et non son éternel oubli.

ÉPITRE A M. G***.

Après la lecture de la fête de l'Amour et de l'Hymen.

O toi, qui peins en traits si doux
Les charmes du bonheur champêtre !
Toi, qui chante à l'ombre d'un hêtre
Des plaisirs purs comme tes goûts !
La muse de la bergerie
Préside à tes sons enchanteurs,
Et forme au gré de ton génie,
Le mélange de tes couleurs.

Dans tes écris, tu nous retraces
Les riches vallons de Tempé ;
Ce beau climat chéri des Grâces,
Où l'amour fixé sur leurs traces
N'était ni trompeur, ni trompé.
Quel ombrage toujours paisible,
Quel ruisseau pur, quels frais berceaux,
Inspirent ton ame sensible
Et font soupirer tes pipeaux !...
Ah ! par le charme de tes rimes,
Tu mêles d'utiles maximes
Au badinage des amans.
Leurs goûts, leurs mœurs, leurs sentimens,
Prennent sous tes crayons sublimes
Les dehors les plus séduisans !

Et toute leur gloire te reste.
Oui, tu remportes sans fierté
Le prix constant et manifeste
De tout un public enchanté.

Puisse l'amour et l'hyménée
Couronner ton sensible cœur;
Et que toujours ta destinée
Soit favorite du bonheur!

A M. D***.

En lui donnant quelques pièces de poésies.

DÉROBEZ-VOUS aux nymphes du Permesse
Pour visiter nos tranquilles foyers,
Et que ces vers, gage de la tendresse,
Sur votre front placent de frais lauriers.

PORTRAIT DE M. P***.

DE son cœur généreux, de sa pitié sensible,
La pauvreté jamais n'éprouva de refus;
Le favori des arts et le mortel paisible
Admirent ses talens, chérissent ses vertus.

LE JUGEMENT DERNIER.

POËME.

DANS ces lieux enchanteurs, dont la fraîche verdure
Sert d'asile aux amours, de trône à la nature,
Déposons doucement nos champêtres pipeaux,
Trop faibles pour sonder l'abîme des tombeaux.
Entonnons, s'il se peut, la trompette éclatante,
Digne de répéter cette scène étonnante,
Dont l'auguste Immortel remplira l'univers.

Anges, inspirez-moi vos sublimes concerts!...
Ah! ne rejetez pas les vœux d'une mortelle,
Qui voudrait célébrer la puissance éternelle
De l'Etre, dont la voix fit sortir du chaos
Les cieux étincelans, et la terre, et les flots.
Soulevez à mes yeux le voile impénétrable,
Que l'avenir retient de sa main formidable.
Venez, conduisez-moi jusqu'au terme fatal
Des siècles s'inclinant au suprême signal
De notre Créateur. La Nature expirante
Frappera les échos de sa voix gémissante;
L'univers baissera son front audacieux,
En voyant écrouler et la terre et les cieux;
Les tombeaux s'ouvriront, et la mort en alarmes
Verra briser son sceptre et ses fatales armes.

Alors Dieu prononçant ses décrets éternels,
Viendra récompenser, ou punir les mortels.

Homme, lève les yeux ; contemple la nature!
Déployant des tapis de fleurs et de verdure
Sur les rians vallons ; les monts et les déserts
Exhalant des parfums jusqu'au trône des airs !
Admire les forêts couronnant les montagnes,
Dont l'ombrage douteux tremble au sein des campagnes,
Où Cérès et Bacchus confondant leur trésor,
A l'éclat de la pourpre unissent des flots d'or!
Contemple l'océan ! ce souverain des ondes,
Dont l'humide ceinture embrasse tous les mondes.
Tant de monstres divers s'agitant dans ses flots,
Rendent l'essor agile aux ailes des vaisseaux.
Elève tes regards aux sommets des collines,
Et plonge-les bientôt jusqu'au fond de ces mines,
Qui cachent dans leur sein les semences de l'or,
Où tant de souverains ont puisé leur trésor.
Vois les vastes cités des peuples innombrables;
Leurs camps et leurs héros, leurs flottes formidables,
Attester des humains la force et la grandeur.

Contemple maintenant cette auguste splendeur,
Que présente à tes yeux la demeure éthérée!
Admire l'appareil de la plaine azurée,
Où la tempête peut étendre sa fureur,
Et l'Etre tout puissant lever son bras vengeur.

Vois ses nombreux flambeaux, dont la sûre lumière
Guide chaque saison vers la nature entière.
Ces astres éclatans, dont la voûte des cieux
Répand sur l'univers leur éclat radieux,
Promettent aux humains leurs éternels ouvrages !..
Hé bien, tous tomberont ! Tels les naissans feuillages
Que donna le printems aux bosquets enchanteurs,
Nuançant leurs contours par des groupes de fleurs.
Le tems anéanti, périra comme l'homme ;
Et le vide éternel n'aura pas un atôme.
Mondes, éveillez-vous !... Maîtres des nations,
Aux terribles accens dont les destructions
Ebranleront le ciel, écraseront la terre ;
Tremblez !... vous ne serez qu'une frêle poussière !

Un crêpe ténébreux entoure l'univers,
Et dérobe le jour à la masse des airs ;
Les vents impétueux ébranlent les montagnes,
Dispersent les forêts dans les vastes campagnes.
Les vallons entr'ouverts laissent voir les tombeaux ;
L'océan agité mugit dans tous ses flots,
Et se déborde au loin sur sa rive importune.
Du sang vient de rougir le disque de la lune,
Le soleil obscurcit son globe radieux,
Et son brillant flambeau n'éclaire plus les cieux,
Où l'affreux roulement d'un tonnerre qui gronde,
Part d'un pôle éloigné pour avertir le monde.

Tout-à-coup la trompette éclatant dans les airs,
Viendra pour annoncer les terribles revers.
Ses effroyables sons pénétreront la terre,
Et répandront l'effroi sur la nature entière.
Les vivans tomberont expirant de frayeur,
Et les morts éveillés seront dans la terreur.

O terre ! qui jadis était si fortunée,
Regarde en frémissant ta triste destinée !...
Ton globe si chéri du Souverain des cieux,
Qui répandait sur lui des jours délicieux !
Maintenant n'ayant plus son amour paternelle,
Est plongé dans le deuil d'une nuit éternelle.
Tes monts sont écroulés, tes fleuves sont taris,
Et tes forêts au loin ont semé leurs débris.
Quel asile ton sein donnera-t-il à l'homme,
Si flatté d'admirer des cieux l'immense dôme?
Reconnaît en tremblant dans ce moment fatal,
Que le faible reptile est au moins son égal.

Fatale ambition, étale ta richesse !
Pampres chargés de fruits, versez-moi votre ivresse.
Beauté, viens déployer tes charmes enchanteurs !
Hommes, formez encore des accens séducteurs !....
Ah ! je ne vous crains plus ! Religion, captive
Mon espoir, mes désirs ! Que ta tendresse active
Se lance dans mon cœur sur un sillon de feu,
Et ne lui montre plus que mon ame et son Dieu.

Une seconde fois la trompette éternelle
Sonne, pour avertir la troupe universelle
Des êtres réunis des vastes nations.
La plaine qui reçoit les générations,
Par de longs tourbillons vient d'être préparée.
Les vents, étant guidés par une main sacrée,
Viennent de renverser dans ces affreux momens,
Forêts, monts orgueilleux, cités et monumens.
Les portiques pompeux, les ouvrages sublimes!
Du faîte des grandeurs ont comblé les abîmes,
Et ne laissent sur eux qu'un espace applani.

De la nuit des tombeaux le mortel est banni;
Ses membres dispersés se meuvent et s'assemblent,
Et les hommes surpris, aussitôt se rassemblent.
Leur ame, jusqu'alors errante en divers lieux,
Peut-être cotoyant l'immensité des cieux,
Se trouve réunie à son antique argile;
Sa machine animée est devenue agile.
Le tems ne peut user ses ressorts immortels,
La volonté de Dieu les rendent éternels.

Ce n'est pas seulement de ses fosses profondes,
Que les hommes viendront sur la plaine des mondes;
Mais de ces fondemens qui portent nos palais,
Où les lambris dorés, ennemis de la paix,
Voilent les noirs chagrins, compagnons de la guerre,
Dont le sceptre odieux ensanglanta la terre.

De tous les vains débris de l'orgueil des vivans ;
Nos aïeux paraîtront aux yeux de leurs enfans.
Le globe étincelant de la voûte céleste,
Verra de toutes parts, dans ce moment funeste,
D'innombrables humains, dont la voix des chaos
Vient de les éveiller de leur profond repos.

Le guerrier cherche en vain cette brillante gloire
Que son bras enchaînait au char de la victoire.
Les monarques régnant sur des peuples nombreux,
Et que leur tyrannie a rendus malheureux,
Sont foulés sous les pieds des êtres innombrables,
Qui furent opprimés sans devenir coupables.
Comme ils regretteront cette profonde nuit,
Dont le crêpe cachait les remords qui les suit!....
Leur grandeur abaissée est enfin impuissante.
La simple pauvreté sourit, et se présente;
La beauté dont le vice a souillé les appas,
En frémissant d'horreur, se traîne sur ses pas.
Chrétiens, Juifs et Païens, qu'un zèle fanatique
Arma plus d'une fois leur haine trop antique,
Se tiennent par la main, et le charme vainqueur
De la douce amitié vient enivrer leur cœur.
Aux regards des humains si peu formés pour elle,
La vérité qui fuit sous une ombre éternelle,
Se devoile aussitôt, et présente à leurs yeux
La vertu, qui toujours eut des rapports entr'eux.
Ces deux filles du Ciel, par un accord sublime,
Rassurent l'innocence et font pâlir le crime.

Mon cœur attendra-t-il dans un calme parfait,
Du divin Créateur le suprême bienfait ;
Et mes accens, d'accord aux doux concerts des Anges,
Chanteront-ils de Dieu les augustes louanges ?
Pourront-ils s'élever à ce trône éternel,
D'où l'innocent reçoit un souris paternel ?...

Avant de te livrer à la douce espérance,
Mon ame, abîme-toi dans cette enceinte immense,
Où des flots de mortels ont reçu le signal
De paraître à l'instant devant le tribunal
Du Juge qui descend sur un splendide trône !
Une garde d'esprits immortels l'environne ;
Et de ce Créateur les regards triomphans
Voient Adam saluer ses plus jeunes enfans.
La profondeur des tems, les mœurs et les usages,
Les siècles obscurcis par la rouille des âges,
Sont connus, sont saisis par son œil pénétrant,
Et rien n'est du passé perdu pour le présent.

Les peuples réunis attendent en silence,
Que le Juge éternel prononce leur sentence.

Tout-à-coup, dans les airs, une puissante voix
Dit aux tremblans humains : Soumettez-vous aux lois
Du Dieu qui vous créa. La terre désolée
Gémit profondément de se voir dépouillée ;
Par leurs affreux poisons, les terribles enfers
Avertissent déjà tous les hommes pervers ;

Et la voûte d'azur qui couvrait tous les mondes,
Vient de se colorer de flamboyantes ondes.

Une invisible main de ce rideau de feu
Ecarte les longs plis, et nous montre le Dieu
Qui gouverne le Ciel et la nature entière,
Et suspendit dans l'air les fleuves et la terre.
Quel éclat radieux, divin, resplendissant,
Porte de l'Eternel le trône éblouissant,
En en faisant jaillir des torrens de lumière!
Le Fils du Tout-Puissant sort de ce sanctuaire.
Son front majestueux s'élève dans les airs,
Brillant, comme à l'instant qu'il forma l'univers;
Terrible, comme au jour que sa juste colère
Plongea l'Ange enflammé sous le sein de la terre.
Les astres réunis sous la voûte des cieux,
Embrassent les contours de ses flancs radieux!
La Nuit sur ses sourcils, repose et dort encore;
Ses beaux traits ont l'éclat de la naissante aurore;
S'il abaisse sur l'homme un regard enchanteur,
Ce mortel satisfait, a reçu le bonheur.
Sa main gauche soutient la science immortelle;
A sa droite paraît la justice éternelle.

C'est dans cet appareil que s'avance, au travers
De la foudre tonnante et des brillans éclairs,
L'Arbitre de la mort, du tems et de la vie.
Des Anges radieux une troupe ravie,

Précède son aspect, exprimant ses transports,
Par l'éclat solennel de ses divins accords.
Descendu jusqu'aux lieux où tonne la tempête,
Le puissant Créateur se repose et s'arrête.
Là, deux nuages d'or arrondis dans les airs,
Traversent l'épaisseur de l'immense univers.
Leur base s'est livrée à l'écume des ondes,
Et leur fronton soutient le tribunal des mondes,
Où celle qui régnait sur l'horreur des tombeaux,
S'étend sur les débris de sa terrible faulx.

Un trône étincelant, sur cet espace immense,
Porte le Créateur, d'où sa toute-puissance
Surveille l'univers, et contemple à la fois,
Les bons et les méchans, des peuples et des rois.
Ses divins vêtemens formés d'augustes voiles,
Sont purs comme les cieux tout parsemés d'étoiles.
Le globe étincelant d'un splendide soleil,
Fait briller à ses pieds son auguste appareil.

Aux regards de la foule un Ange se présente,
Et déroule aussitôt d'une main triomphante,
L'étendard solennel où les religions
Tracèrent les devoirs de tant de nations.

Tour-à-tour on entend plus de mille trompettes,
Dont les sons font gémir les profondes retraites;
Et l'imposant silence étendant son repos,
Fait succéder le calme à ces bruyans chaos.

D'innombrables humains les bruits confus s'appaisent;
Dans les plaines de l'air, les tonnerres se taisent;
Les mugissans enfers suspendent leur fureur;
Et la terre en silence attend dans la terreur.

C'en est fait; l'Eternel sur cette vaste scène,
Prodigue en son amour, terrible dans sa haine,
Vient de rompre le sceau de ses divins décrets,
Et bientôt les mortels apprendront leurs arrêts.

Il commande... A sa voix, les peuples innombrables
Forment dans un instant, deux lignes formidables;
L'une, baisse des fronts coupables, abattus;
Et l'autre, resplendit de l'éclat des vertus.
Du repaire du vice on entend des murmures,
Tels les vents précurseurs des tempêtes futures.
Hommes, il n'est plus tems d'écouter les frayeurs
Du terrible remords qui déchire vos cœurs.
En vain vous vous livrez au repentir stérile,
Dieu n'entend plus la voix d'un regret inutile.

Près d'eux sont les mortels aussi purs que les cieux!
Offrant au Créateur des regards gracieux;
Tous leurs traits embellis par la douce espérancc,
Du bonheur éternel semblent jouir d'avance.
O gloire des vertus! sont-ce-là tous ces corps,
Que le tems en poussière a réduit les ressorts?....
Le Juge te sourit, et du haut de son trône,
Il place sur ton front l'immortelle couronne;

Et te fait surmonter l'immensité des airs,
Pour te faire remplir tous ses trônes déserts,
Qu'occupaient autrefois les Archanges rebelles.
Ah ! chante de mon Dieu les bontés paternelles,
Qui te feront jouir d'un éternel bonheur !

Au-dessous, est ouvert un abîme d'horreur,
Où les peines étant couvertes de ténèbres,
Viennent de replier leurs longs voiles funèbres,
Pour montrer aux humains les flots étincelans,
Que l'enfer a vomi de ses gouffres brûlans.
A ce spectacle affreux tous les justes pâlissent;
D'effroi, de désespoir, les coupables gémissent;
Mais Dieu pour les punir de leurs nombreux forfaits,
Dans le séjour d'horreur les plongent à jamais.

Tout-à-coup, dans les cieux un craquement horrible
Annonce de l'Atlas la chute si terrible.
Il entraîne en tombant, l'Olympe et l'univers;
Et la flamme a conquis l'immensité des airs.
La ruine s'avance, et l'affreux incendie
Vont livrer au chaos la terre ensevelie
Sous les brillans débris de tant d'astres divers,
Dont le sublime éclat remplissait l'univers.

FIN.

TABLE

DES PIÈCES CONTENUES DANS CET OUVRAGE.

Fin de la Table.

A LYON, de l'Imprimerie de J.-L. MAILLET. 1810.

www.ingramcontent.com/pod-product-compliance
Ingram Content Group UK Ltd.
Pitfield, Milton Keynes, MK11 3LW, UK
UKHW031857260826
14628UKWH00002B/824

9 782014 046946